WEI YUEDU

微阅读
1+1工程

1+1
GONG
CHENG

第一辑

生命银行

秦德龙

百花洲文艺出版社
BAIHUAZHOU LITERATURE AND ART PRESS

图书在版编目(CIP)数据

生命银行 / 秦德龙著 . —南昌:百花洲文艺出版社,2013. 5

(微阅读 1 + 1 工程)

ISBN 978 - 7 - 5500 - 0629 - 4

Ⅰ. ①生… Ⅱ. ①秦… Ⅲ. ①小小说—小说集—中国—当代 Ⅳ. ①I247. 8

中国版本图书馆 CIP 数据核字(2013)第 098885 号

生命银行

秦德龙　著

出 版 人:姚雪雪
组稿编辑:陈永林
责任编辑:赵　霞　张洁琼
出　　版:百花洲文艺出版社
发行单位:全国新华书店
印　　刷:北京一鑫印务有限责任公司
开　　本:787mm × 1092mm　1/16
印　　张:12
版　　次:2013 年 8 月第 1 版
印　　次:2013 年 8 月第 1 次印刷
字　　数:123 千字
书　　号:ISBN 978 - 7 - 5500 - 0629 - 4
定　　价:20. 00 元

赣版权登字:05 - 2013 - 224

网址:http://www. bhzwy. com

图书若有印装错误,影响阅读,可向承印厂联系调换。

前　言

以“极短的篇幅包容极大的思想”，才能够以小胜大，经过读者的阅读，碰撞出思想的火花，震撼人的心灵。正因为这样，微型小说成为一种充满了幽默智慧、充满了空灵巧妙的独特文体。

如果说在二十一世纪的头一个十年，是互联网大大改变了我们的生活，那么在我们正在经历的第二个十年里，手机将更为巨大地改变我们的生活。如今，以智能手机为平台，正在构成一个巨大的阅读平台。一种新的阅读方式正不知不觉地走进大众的生活。一个新的名词就此产生，它便是“微阅读”。微阅读，是一种借短消息、网络和短文体生存的阅读方式。微阅读是阅读领域的快餐，口袋书、手机报、微博，都代表微阅读。等车时，习惯拿出手机看新闻；走路时，喜欢戴上耳机“听”小说；陪人逛街，看电子书打发等待的时间。如果有这些行为，那说明你已在不知不觉中成为“微阅读”的忠实执行者了。让我们对微型小说前景充满信心和期待的是，微型小说在微阅读的浪潮中担当着极为重要的“源头活水”。

肩负着繁荣中国微型小说创作、促进这一文体进一步健康发展的责任和使命，微型小说选刊杂志社推出了“微阅读1+1工程”系列丛书。这套书由一百个当代中国微型小说作家的个人自选集组成，是微型小说选刊杂志社的一项以“打造文体，推出作家，奉献精品”为目的的微型小说重点工程。相信这套书的出版，对于促进微型小说文体的进一步推广和传播，对于激励微型小说作家的创作热情，对于微型小说这一文体与新媒体的进一步结合，将有着极为重要的作用和意义。

编者

2013年8月

目　录

弯曲的脊梁

社会身份?

民工。

再说一遍。

民工。也叫打工仔，女的叫打工妹。

说详细些。

民工。男的叫打工仔，女的叫打工妹。实际上，俺就是个乡巴佬。

还有别的说法吗?

民工、打工仔、打工妹、乡巴佬。对了，还有一个称呼：游民。

嗯?什么?

就是无业游民。也就是马克思说的流亡无产者吧。

马克思说过吗?马克思说的是工人，不是说农民。

俺不敢胡编。反正，民工、打工仔、打工妹、乡巴佬、游民、流亡无产者……俺都能对号入座。

你以为你幽默吗?你不就是农民嘛。

俺不敢幽默。对了，除了民工、打工仔、打工妹、乡巴佬、游民、流亡无产者之外，城里人也叫俺农民兄弟!

哪个城里人说的?

俺说不准。民工、打工仔、打工妹、乡巴佬、游民、流亡无产者这些称呼都不大好听，都是作践俺!俺还是喜欢城里人叫俺农民兄弟!麦是俺种的麦，面是俺磨的面，城里人吃的，不都是俺农民种出来的吗?俺最骄傲的，就是城里人把俺当兄弟!

你说什么?城里人都拿你当兄弟?

俺不敢。俺是民工、打工仔、打工妹、乡巴佬、游民、流亡无产者，俺只是一部分城里人的农民兄弟。这部分城里人，也是高兴时喊俺农民兄弟，不高兴时，就拿脏话骂俺!

怎么骂的呢？

骂俺是强盗、小偷、流窜犯……有人写文章说，十个罪犯中有八个是民工，俺成了犯罪嫌疑人的同义词！广东那边，有人公开打出来标语，不欢迎河南籍民工；而河南有家公司，清退了所有的民工……其实，谁都知道，俺不光是民工、打工仔、打工妹、乡巴佬、游民、流亡无产者、农民兄弟，俺也是城市建设者呀！

城市建设者？这倒是个褒义词。

这个褒义词，说明了社会对俺还有个起码的尊重！当然，俺也不敢把这个桂冠挂到脑袋上啊，那样的话，俺就找不到饭碗了！俺只敢说俺是进城务工者。说白了，俺进城来，就是挣城里人不愿意挣的那份血汗钱。城里到处都是挣钱的地方，可城里人嫌脏、嫌累、怕吃苦。俺不怕，俺最崇尚的口号就是“一怕不苦，二怕不死！”死个民工，说不定比活个民工还风光呢，咋地不也得给几千块钱丧葬费？

别拿死来吓唬人！农民也要自重嘛。从宪法说，农民也是人民民主专政的基石嘛。

这倒是个很好的说法。这么说，俺还有一个闪光的身份——公民?!

当然，这是进了宪法的，农民也有公民权。

您说得太好了，俺们也有公民权！那么，请问，为什么俺们一进城，就要办暂住证呢？为什么不给俺办永久性户口呢？还是把俺当成民工、打工仔、打工妹、乡巴佬、游民、流亡无产者、进城务工者吧。

哎，没办法，谁叫你们是弱势群体呢？

是的，这是最准确的称呼了，农民就是农民，农民就是弱势群体！脸朝黄土背朝天，俺的脊梁永远都直不起来！

是吗？你还怪有脾气呢！你以为你是弱势群体，你就可以跳楼了？

俺不跳楼，就没人搭理俺呀！老板都跑了，俺拿不到工资，俺怎么吃饭？俺跳楼，就是让城里人帮助俺说句话呀！

知道吗，擅自跳楼是违法的！

怎么跳才不违法呢？谁来批准俺跳楼呢？

别扯淡了。你可以走了，站起来，走吧。等一下，我喊人来给你开手铐。还有，拿上你的罚款收据。念你初次跳楼，就罚你五块钱吧。五块钱，你有吧？

只要狗过得比我好

要办暂住证。

必须办暂住证。这个城市的秩序很严格，任何一个异乡人来到这个城市，都必须办暂住证。

狗剩听人家说，哪儿哪儿有个大厅，专门办证。

狗剩问了几个人，才找到那个大厅。

果然看见大厅的一个窗口上贴着“办证”的红字，很耀眼。

狗剩看见一些人正在排队，于是，就站到了队伍里。

让狗剩惊异的是，排在他前面的那些人，怀里都抱着狗。都是些怪模怪样的狗，都是些在乡下见不到的狗。怀里抱狗的人，互相打着趣，交换着快乐。狗也在互相打趣，汪汪地叫着，交换着快乐。

狗剩听着人们说话，听着狗叫唤。忽然，他明白了，他排队的这个窗口，是给狗办证的窗口。

狗剩跳出了队伍，跑出了大厅。

狗剩知道城里人养狗要办证。

狗剩也知道城里的狗珍贵。在乡下看电视，常看见城里的狗过着幸福生活。城里的狗，喝牛奶，吃香肠，洗澡，理发，挂铃铛，穿好看的马甲。城里还有宠物医院，狗得病了，有专家门诊。城里还有宠物宾馆，狗的主人外出旅游了，就把狗寄存到宾馆，有专人照管。

就因为看见了狗在电视上摇头晃脸，狗剩才决定到城里来的。“只要我过得比狗好……”狗剩是一路上唱着改编的这首歌，来到这座有狗的城市的。

现在，狗剩亲眼看见了，城里人在窗口排队，给狗办证。

那么，异乡人该在哪个窗口办证呢？

又问了几个人，都说在大厅。有个好心人说得很详细，说来说去，是狗剩去过的那个窗口。

狗剩说：那是个给狗办证的窗口。

好心人说：人也在那个窗口。

狗剩一惊：人和狗一个窗口吗？

好心人说：是的，原来是两个窗口，人狗分开的。也不知为什么，两个窗口合成一个窗口了，人狗合一了。

狗剩出了一身冷汗。

也只能到给狗办证的窗口去办自己的暂住证了。

于是，又来到了大厅。再排队，前面的一些人，还是都抱着狗。城里的狗珍贵，走哪都要抱着。狗剩把自己的皮帽子摘下来，也抱在了怀里，看上去也像是抱了一条狗。很快，狗剩的后面也有人排上了，也都是怀里抱着狗。办证的队伍像肠子似的弯曲着。只有狗剩的怀里没抱狗，抱的是自己的帽子。

狗剩看见有人拿眼睛剜他。

狗剩知道自己是这条肠子中的一个另类。

狗剩一步一步往前蹭着，一步一步接近窗口。快到窗口的时候，狗剩看见了前面的人交钱。一条狗，办个证，交三千块钱，还要交六百块钱检疫费！狗剩的脑袋哄的一声，冒出了冷汗。他不知道，自己在城里苦一年，能不能挣到一个狗证的钱。

轮到狗剩办证了。

狗剩交了五块钱。

狗剩听见有人在他身后哂笑。他知道，那是在笑他，笑他的证不如狗的证值钱。狗剩突然也想笑。于是，就笑了笑。一边笑，一边昂着头，“汪汪”地学开了狗叫。

所有的狗，都听见了狗剩学的狗叫。所有的狗，都跟着“汪汪”地欢叫起来。

狗剩学的狗叫，是正宗的乡下的狗叫。也许，在城里的狗看来，乡下的狗，好比野花或野菜，具有别样的风情或风味，是最纯朴的乡音。城里的狗，听见这种乡音，就产生了强烈的冲动。从内心里说，城里的狗需要和乡下的狗交流。必要时，也可以把乡下的狗称为“农民朋友”。

狗叫声此起彼伏。

狗叫的声音很嘈杂。狗的主人们烦了。狗的主人们纷纷用绅士的腔调责怪狗，批评狗。也用温暖的手掌抚摸狗，安慰狗。须知，狗的风度，亦体现着主人的风度。狂吠不止，成何体统？这不是让主人出丑吗？

狗的吠唱终于平息了。狗的主人们用恶狠狠的目光电击狗剩，他们已经对狗剩恨出洞来了。

你是属狗的吧？有人瞪着狗剩说。

对，我看你就是个属狗的！其他人，也跟着说起来了。

狗剩的眼里，滚出了泪。狗剩知道，自己是不能还嘴的，还嘴了，就可能走不出大厅。

狗剩明白，自己只不过是一条来自乡下的狗。

乡下的狗，是最受苦的狗。除了护夜，就是忍着委屈挨打挨骂。吃剩饭，啃骨头，舔小孩的屎屁股，这就是乡下的狗。乡下的狗，就是乡下的狗。乡下的狗，不是城里的狗。乡下的狗，天天在地上跑。而城里的狗，却在城里人的怀抱里撒娇。

狗剩攥着暂住证，离开了办证大厅。

有个人牵着狗，撵上了狗剩。

伙计，进城打工的吧？那人问。

狗剩点点头。

替我养狗吧，你干不干？就是请你给狗当保姆。那人说。

狗剩的眼球发直了。

我不亏待你，狗吃啥，你吃啥。狗吃牛肉，喝牛奶，你也一样待遇。狗睡软床，你也睡软床，都是鸭绒被子。那人又说。

狗剩点点头，又点点头，不住地点头。

我很欣赏你学的那两声狗叫。纯的，纯农村的狗叫。城里听不到的。我还喜欢你的性格，狗一样优秀的性格。打不还手，骂不还口！

狗剩笑了。

你叫什么名字？那人问。

狗剩。狗剩答。

好，这名字好！跟我走吧。把暂住证交给我。那人向狗剩伸出了手。

狗剩把暂住证给了那人。狗剩跟在那人的身后，跟在狗的身后，甩着腿走了。狗剩眼里含着泪，一边走，一边悄声唱：只要狗过得比我好，只要狗过得比我好……

找　死

听说，现在死一个人，给二十万了。

留根听到这个消息，心就飘起来了。

留根坐上了火车，来到了省城，来到了劳务市场，交了五块钱买门票。里面的人问：想找份什么样的工作？

留根想也没想，脱口而出：干什么都行，只要死了给二十万！

里面的人愣了，伸出脑袋看了看留根：你说什么呢？想敲诈呢？

留根说：谁想敲诈？我就是想找一份死亡赔偿二十万的工作。有吧？我听说有的。

里面的人板着面孔说：有个屁！你以为天上会掉馅饼吗？

留根说：那我怎么听说有呢？我在火车上也听说了。死一个人，各省赔偿不一样。我就是冲着二十万，到这儿来的！

里面的人不耐烦了：那你就到大街上去死一个吧，看有没有人给你二十万?!

留根知道里面的人生气了。留根自说自话地嘟哝着：不给介绍就算了，何必发火呢！

留根决定自己去找了。既然，有人传，死一个人给二十万，那就该能找到。留根想了想，就朝一个很排场的大院去了。大院很大，有小汽车出入，有夹包的人出入。这么大个单位，该有多少万呢？上千万、上万万总是有的吧？

请问，这里用人吗？死一个人，给二十万吗？留根问一个看院门的人。

你是谁呀？没病吧？看大院的人冷着脸，把留根赶走了。

留根又去了一家工厂，很大的一个工厂。留根就问看厂门的人：请问，这里用人吗？死一个人，给二十万吗？

工厂的门岗拿眼睛瞪他，狠狠地瞪他：从乡下跑出来的吧？滚，滚一边去！

留根就滚到了一边去。他知道，不滚到一边去，可能就要挨打。挨打，他是不愿意的。如果，挨打给钱，留根才可以考虑。

请问，这里用人吗？死一个人，给二十万吗？留根见到大院就问，见到厂门就问。也不多问，就问这一句。

留根收到的全是白眼，听到的全是骂声。

一个乡下人，死了也就死了，敢要二十万？

一个乡下人，到城里来找死，什么素质啊！

可留根不死心。不死心的原因，是遇见了一个戴眼镜的人。眼镜说话慢条斯理的。留根听他是这么说的：如果一个人坐飞机，从天上掉下来，肯定会得到一笔赔偿。正因为这笔赔偿金，国民生产总值会得到上升。而航空公司因此再买一架新飞机，国民生产总值又会再次得到攀升！

留根听不懂眼镜的话。眼镜说自己是个经济学者，正在研究“不幸福的经济学”。眼镜鼓励留根，要干成一件事，一定要有一种执著的精神。眼镜说完这些就走了，扔下留根在大街上发傻。

留根想，眼镜说这些话是啥意思呢？自己没有钱买票坐飞机，就是坐了飞机，也未必会掉下来呀！真是愁死人了！

终于，留根想到了下列可能：

一、到武术馆当陪练。如果被打死了，有可能拿到二十万赔偿。

二、到物业公司打工。如果清洗大楼摔死了，有可能拿到二十万赔偿。

三、到应急大队当救护。如果下河救人淹死了，或者钻涵洞抓小偷闷死了，有可能拿到二十万赔偿。

四、到殡仪馆当搬运工。如果发生了诈尸，自己被吓死了，有可能拿到二十万赔偿。

……

留根亢奋起来了，朝着上述目标扑腾去了。

武术馆、物业公司、应急大队、殡仪馆的回答，都很让他失望。都说死了白死，一分钱也不赔！因为，上岗前要签劳动合同的，也就是生死合同。合同规定，发生死亡事故，一律由死亡者自行承担责任。

留根很迷惘。不知道为什么会这样。

有人看出来留根是个迷瞪货，就点拨他：死亡要拿二十万，就到煤矿去拿！通过劳务市场介绍去。不通过劳务市场去，打黑工，死了也是白死！

留根很高兴，终于有了通往死亡、通往二十万的道路了。

于是，留根又来到了劳务市场。留根要求去煤矿，因为，煤矿死一个人，给二十万。

里面的人嘴一撇：想啥呢？告诉你！咱这疙瘩没有煤矿！

里面的人又说：你想二十万，都想疯了，一门心思找死，太执著了！既然想死，你就死吧。也许，不用去煤矿，躺地上一死，马上就有人给你二十万了！

听里面的人这么说，留根的眼球就直了、硬了。留根就躺到了地上。不一小会儿，身子就彻底僵硬了。

留根真的死了。

劳务市场的人说：没见过这么死心眼的人，为了二十万，到处找死，不死才怪呢！

几日后，城市晚报发表了某学者的一篇论文：《“不幸福的经济学”如何转化为现实的幸福》。

生命银行

在以色列大兵向黎巴嫩真主党压境的那个晚上，连生再次表达了要去城里打工的愿望。客观地说，去城里打工，与以色列无关，与黎巴嫩真主党无关。但连生却感到了国际形势的乌云压得他喘不过气来。报纸上说，有些以色列士兵已经向组织上提出了冷冻精子的申请。也就是说，如果发生意外，以色列士兵的妻子可以使用丈夫冷冻的精子。当然，未婚的士兵，也可以借这种方式传宗接代。是的，子弹没长眼睛，上了战场的士兵，难免遭遇不测而丧失生育能力。

在这样复杂的国际背景下，异乡人去城里打工，不得不考虑储藏自己的生命种子。异乡人出去打工，必须作出牺牲的准备。因为，牺牲的机会太多太多了。不久前，有个民工被搅拌机扫进了水泥灰浆中，活生生地浇灌到了桥墩里。

想到随时可能发生的牺牲，连生对小响说起了那些以色列大兵。

小响的脸一红说：“你想啥呢？你的精子谁会给你冷冻?!”

连生自嘲地一笑。是呀，小响说得对。以色列大兵可以向组织上提出申请，俺向谁提出申请呢？向村委会吗？村委会连个冰箱都没有，咋储存俺的精子呢？

想到冰箱，连生有了主意。连生说：“没人给咱冷冻，咱自己冷冻中不中？咱家不是有个旧冰箱吗？”

在以色列大兵向黎巴嫩真主党压境的那个晚上，小响嘎嘎地笑了起来。

连生说：“你笑啥呢？冰箱不是你舅给的吗，还没用过呢。就把他当做我生命的银行，就拿他储存我生命的种子！”

小响的脸更红了。小响说：“俺舅给个冰箱，可不是让你干这个的！”

连生说：“这有什么呢？冰箱长期放着不用，还不白瞎了?!”

小响说：“用？交得起电费吗？”

连生说：“妈的，没钱交电费！”

小响又说："冰箱坏了呢？"

连生说："妈的，冰箱坏了没钱修！"

小响还说："冰箱一坏，有多少种子不都坏了？"

在以色列大兵向黎巴嫩真主党压境的那个晚上，连生呵呵地笑了。笑自己真傻。笑着笑着，连生就和小响搂作了一团，很亲密很配合的一团。

就在这时候，灯灭了，停电了。

小响在黑暗里叫道："停电了！你说，就算冰箱没坏，可偏偏停电了，你说怎么办?!"

是啊。怎么办？停电了，怎么办？连生再也笑不出来了。

在以色列大兵向黎巴嫩真主党压境的那个晚上，连生搂紧了亲亲的小响。连生贴着小响的耳朵说："不管怎么样，我明天还是要走。我就不相信，到了城里，我会像以色列士兵那样壮烈牺牲！"

连生的脾气，小响是知道的。一条道跑到黑，九头牛拉不回。他要走，就让他走吧。大不了，晚几年，再要孩子。想到这里，小响往连生的怀里拱了拱。

在以色列大兵向黎巴嫩真主党压境的那个晚上，夫妻俩胜利地温存了一回。他们不知道，这一回，能不能播下生命的种子。如果能的话，那就太好了，就不用考虑生命银行了。

在以色列大兵向黎巴嫩真主党压境的日子里，连生走出C城的火车站，来到了C城大街上。

站在C城的大街上，连生很茫然，真的很茫然。他不知道，哪里能挣到钱，哪里有未来的希望。

一条大街一条大街地走。后来，连生在一面墙上，看到了一条广告："新世纪精子库，竭诚欢迎社会各界精英，真诚储存生命的种子！条件是……"

城里真是命运的天堂！没看完广告，连生就亢奋起来了。

连生问了几个人，转了几条街。终于，找到了新世纪精子库。

"看你这么健壮，是来打工的吗？"一个穿黑西装的人问连生。

"不。我希望能在这里保存一份生命的种子，留给我妻子的。"连生不卑不亢地说。

"呵呵呵。"黑西装不屑一顾地笑了起来，"你是名人吗？你是专家吗？你是大腕吗？你是大款吗？"

连生摇了摇头。一边摇头，一边说："我身体健康！"

黑西装说："你身体健康有什么用呢？两条腿的人，大街上随便扯。不论是谁，都可以来这里冷冻精子吗?!"

黑西装又说："当然了，如果，你有钱，我们可以为你提供有偿服务。异乡人中，也有发了财的嘛。这世道，谁都难免不出意外哦!"

连生有钱吗？连生没有钱。有钱，也不来城里打工了。

连生无言地盯着黑西装，眼里都要烧出火来了。

黑西装看见了连生眼里的火光。黑西装骂道："滚吧！再不滚，把你送到黎巴嫩去，让以色列大兵杀了你!"

在以色列大兵向黎巴嫩真主党压境的日子里，连生成为黑西装眼里的黎巴嫩人，而黑西装成为他眼里的以色列大兵。

因为你瘦得像条狗

茂台被捉走了，糊里糊涂地被捉走了。茂台正在夜幕里哼着《绿岛小夜曲》，迎面过来两个人，不由分说，架着茂台，茂台就给捉走了。

民工队的人，都在说这件事。都想不明白，茂台这样一个老实蛋子，怎么说捉走就给捉走了？

老板也听说茂台被捉走了。老板黑着脸说：茂台这个蔫货，神不知鬼不觉地放了个蔫屁！

有人央求老板出面，去把茂台弄回来。

老板一听这话，脸色更黑了。我还不知道马虾从哪头放屁呢，上哪儿去把他弄回来？你们说说，茂台最可能犯的是哪方面的罪行？老板瞪着血红的眼珠子说。

偷盗？不可能。茂台瘦得像条狗，搬不动大件。

抢劫？不可能。茂台瘦得像条狗，抢不过人家。

强奸？不可能。茂台瘦得像条狗，扳不倒妇女。

……

总之，茂台这家伙太瘦了，犯啥罪都不可能。

老板说：我早就说过了，吃过饭，关上门睡觉，不要胡球跑。城里处处是陷阱，可你们就是不听！天一黑，你们就出去疯，上公园看人家跳舞，上河边看人家亲嘴。不就是过过干瘾嘛，有啥意思呢！茂台这熊货，唱什么小夜曲，浪摆个啥呢?!

老板又说：我再强调一下纪律，吃罢晚饭，上床睡觉，养精蓄锐，迎接下一个工作日！我可不想知道有人又被捉走！

老板说到这里，手机响了。老板掀开手机盖，开始接听。老板听着听着，大叫起来：什么？你们怀疑他吸毒?! 这狗日的，他怎么会吸毒！

老板合上手机说：听到了吧，茂台吸毒！

有人说：他不吸毒呀，没看见他吸毒！

也有人说：他连烟都不吸，怎么会吸毒呢？

还有人说：他有病都不舍得吃药，不会吸毒吧？

老板说：怎么不会呢？他如果不吸毒，人家能抓走他吗？你们看他那个瘦样，瘦得像条狗，还真的就像个吸毒犯呢！日他姐，一顿饭，他能干掉五个馍，他要是不吸毒，哪来那么大的饭量呢？他不吸毒，他吸什么？我让你们说说！

谁都不说。没人说。说什么呢？既然老板也说他吸毒，那他就是吸毒了。

老板说：人，也就算找到了。还活着。当然，他到底吸不吸毒，吸什么毒，一切都会水落石出。不过，我估计，今晚上，怕是看不见他了。睡觉吧，都睡觉吧！

老板说完，摇晃着脑袋，回屋睡觉去了。

伙计们叹着气，也回屋歇息去了。

月亮很白，夜色很闷。

茂台回来的时候，是第二天上午了。

看见茂台回来了，大家都围了过来。老板凶着脸说：茂台，昨晚上干什么去了？

茂台说：尿尿去了，有人要化验我的尿。

伙计一听，哄的一声，都笑了。

老板说：你开什么玩笑？你还以为我不知道吗？人家捉你，是因为你吸毒！

茂台说：我要是真的吸毒了，能放我回来吗？他们看我长得瘦，就怀疑我吸毒，就捉我去化验。我怕他们化验吗？乖乖地放我回来了！

老板说：你的释放证呢？你不会是自己偷着跑出来的吧？

茂台说：什么释放证？没谁给我发证！

老板说：没有释放证，就不能说明你是无罪释放。乡里乡亲的，我也不愿意害你，更不愿意人家再来捉你！你还是去找他们，开一张释放证明吧。要不，你就远走高飞！说实话，我现在看你，咋看咋像个吸毒犯！你呀你，你怎么瘦得像条狗呢？

茂台说：我真的化验过了，我没吸毒！

老板说：你赶紧走吧。我们这个集体，不能因为一颗老鼠屎，坏了一锅汤吧？大家说说，我让大家都说说！

没人说话。都知道，说了白说。白说，谁还说呢？老板想干掉谁，那是铁嘴钢牙，板上钉钉。

茂台拖着很瘦很瘦的影子，孤零零地走了。

茂台找到了那个关押过他的地方，见到了那两个捉他去化验的人。茂台说明了来意，那两个人一听就笑了。

一个人说：我们并没有逮捕你，也没有拘留你，要什么释放证？

另一个人说：告诉你，我们捉你有道理，放你也有道理！

茂台说：那么，我的清白呢？

一个人说：你要什么清白？谁让你长得那么瘦了？

另一个人说：你真笨，以后，吃胖点，吃成个大胖子，就没有人怀疑你吸毒了！

第八颗牙齿

老板看了看伙计们的牙齿。就像集市上买主查看牲口们的牙齿。老板看过了伙计们的牙齿，又让伙计们撑开嘴皮子微笑。

老板说：微笑要露出八颗牙齿，不然，打不开笑肌。按照国际惯例，微笑就是要露八颗牙齿，否则，无法与国际接轨。

老板虽然没出过国，但爱讲国际惯例、国际接轨。

伙计们想，老板让怎么笑就怎么笑吧，不按照老板的意思笑，饭碗就要被老板敲掉。

老板让茂良出列。

老板说：茂良，你再微笑一遍给我看。刚才，你笑得不好。你看你，笑得真是不够好！你是青面獠牙吗？笑得这么难看！哦，你的第八颗牙齿太长了，好像是《西游记》里的妖怪！我建议你，上医院去一趟，把这颗牙齿拔掉！

茂良说：拔掉就成了豁牙子了，更难看。

老板说：你再镶上一颗牙嘛，你这个笨蛋！

茂良笑了，露着第八颗牙齿，很艰难地笑了。

老板又让茂台、四臭、三妮儿出列。老板指出他们的牙齿也有问题，也需要去修理牙齿。不把牙齿修理好看了，就不要来上班了。老板说：知道吗？你们的牙齿，有损于公司的形象啊！

老板还说：北京有个商店，已经让牙齿不美观的服务员下岗了。

老板又说：北京有好几家医院，都是要求护士露出八颗牙齿微笑。

老板说了一大堆有关牙齿的鬼话，扔下茂良他们，拔腿走了。

茂良、茂台、四臭、三妮儿的脑袋凑成了一团，互相查看了牙齿。除了茂良的牙齿比较长之外，茂台是牙齿比较短，四臭是牙齿比较歪，三妮儿是露不出第八颗牙齿。三妮儿只能露出六颗牙齿，嘴若咧大了，就露出了第九颗牙齿。而且，三妮儿还裸露出粉红色的牙床，很不美观。

茂良说：我管不了你们了，我要先去修理牙齿了。

茂良就去了街上的牙科诊所。茂良不敢去大医院，大医院宰人太厉害。据说，拔牙还要先给牙齿拍片子！拍什么片子呢，那得花多少钱呀。

果然，牙科诊所不需要拍片子，拔牙就是拔牙，拔一颗牙，二十块钱。

医生要茂良躺到皮椅上，然后，用铁器敲打茂良的牙齿。敲打了敲打，医生说，不用拔，这是一颗好牙！

茂良直起身子说：我知道是一颗好牙，拔的就是这颗好牙！

医生说：你这人真怪，一颗好牙，拔什么拔，不就是比较长一点嘛。

茂良说：不美观。

医生笑了：美观？你要什么美观？你又不是演员！你是乡下来打工的吧？要那么美观，有什么用呢？你把牙齿刷干净些，比什么都强！

茂良说：你是个好人。

医生说：你走吧，你这颗牙，不需要拔。

茂良走出了诊所，茂良心里也珍惜自己的这颗牙齿。

茂良还是不由自主地走到了一个摆江湖的地摊儿上了。摆地摊儿的是个长胡子。地摊儿上铺着一块陈旧的红布，红布上写着治疗这病那病的黑字，写着“无痛拔牙”。

茂良问：拔一颗牙，多少钱？

长胡子说：十块钱。

茂良想了想，上下掰着自己的嘴唇说：你把这颗牙拔掉，这颗牙比较长。

长胡子让茂良站好，用药棉擦了擦他的牙龈，口中念叨了些什么，只听“嗨”的一声，拔掉了一颗牙齿。

果真是无痛拔牙。茂良吐出了一口血水。

茂良给了长胡子十块钱。然后，茂良捧着拔下来的那颗牙齿，回去见了老板。

老板看了看茂良拔下来的牙齿，一颗很坚硬的牙齿。老板接过来牙齿，用手掂了掂，一扬手，扔到房顶上去了。老板笑道：你让我高兴，我也让你高兴！

老板说着，给了茂良二十块钱。

听说老板给了茂良二十块钱，茂台、四臭、三妮儿也去了地摊儿，也找到长胡子，各自拔掉了一颗牙齿。然后，他们也把牙齿捧回来了，让老板查看。老板查看了以后，也给扔到房顶上去了，也给了每人二十块钱。

几个人厮跟着，去牙科诊所镶牙。医生先给茂良检查了牙床，很惊讶地说：谁给你拔的牙？你那颗比较长的牙齿，还在嘴里呢，人家给你拔的是另外一颗牙齿！

茂良豁着牙，愣了。

其他的人，也都愣了。

医生给他们逐个检查了牙齿，结果都是同样荒唐，牙齿都给拔错了，也就是说，长胡子很随便地给每人拔掉了一颗牙齿。

他们去地摊儿寻找长胡子，却找不到了。有人告诉他们，长胡子被工商局取缔了。

回来后，他们爬上了房顶，寻找自己的牙齿。

上哪儿找得到呢！

老板看见了，破口大骂：三天不打，上房揭瓦！

“性福”卡

老板把大家喊过来，要大家排队领“性福”卡。“性福”卡是政府发下来的。凡是外来民工，都可以凭卡免费领取小雨衣。也就是男女泡在一块时，给小弟弟穿的那种小雨衣。

一听说持卡领用小雨衣，茂良、茂台、四臭、三妮都捂住牙笑颠了。

老板温暖着脸说：政府关心着民工的“性福”。什么是以人为本，这就是以人为本。每人一张“性福”卡，一年可领用一百二十件小雨衣，你们就偷着乐吧。

老板说着说着笑了起来：一百二十件呀一百二十件！街上买，一块钱一件。等于给每人搞了一百二十元福利！想想看，城里有多少民工？仅这一项，政府每年要投资多少钱？鼓掌吧，兄弟们！

老板拍起了巴掌。

没人响应，没一个人响应。茂良、茂台、四臭、三妮儿等人都不响应。

老板拉下脸来说：怎么都不鼓掌呢？难道，你们不欢迎免费的午餐吗？都是男人，你们也需要“性福”嘛。政府也是为大家办好事嘛。一张卡，一年领用一百二十件小雨衣，平均三天用一件呀，这很正常嘛。当然，这也是为了防治艾滋病的需要。你们知道不，全国已经有六十五万人感染了艾滋病！太可怕了！话说回来，大学校园里都有自动售套机了，咱还有啥不好意思的呢？

老板用目光睃着大家的脸，一遍一遍地睃着。这些脸，都是些又脏又黑的脸。平时，老板是不拿正眼瞧这些脸的。

终于，茂良说话了。茂良说：老婆在乡下，牛郎织女，用得上小雨衣嘛？望梅不止渴呀。

听茂良这么一说，众人都咧嘴笑了。

茂台接嘴说：是啊，总不能去找小姐吧。找小姐，让警察叨住一回，罚款三千！

四臭也随嘴说：找小姐，也不用自己带工具，小姐免费提供工具。小姐往乳罩里一抓，一个小雨衣就出来了！

众人皆笑。老板也颠颠地笑了。

老板望着众人说：政府给你们发“性福”卡，是为你们着想的。你们想不想“性福”，那是你们自己的事。俗话说，饱暖思淫欲嘛。我给你们念个笑话吧，提高提高你们的性欲。

老板说着，掏出手机，用指尖点开了信箱。老板清了清嗓子，神采飞扬地念道：一副对联，上联——该吃吃，该喝喝，遇事别往心里搁；下联——做着爱，看着表，性福一秒是一秒；横批——真是得劲！

老板刚念完段子，众人都笑得东倒西歪了。老板合上手机盖说：得劲吧？别依赖幻想了，让三妮儿给你们发卡。就算是画饼充饥吧，就算是过干瘾吧，也是让大家高兴！

老板说完，腆着肥肚子走了。

三妮儿指着“性福”卡说：拿吧，随便拿，不拿白不拿。

没人拿。没一个人拿。

有人说：三妮儿，都归你吧。看你白净净的，真像个女的！你要真是个女的，就好了，我们就可以和你“性福”了！你怎么是个男的呢？

三妮儿红下脸来骂了一句，很爷们地骂了一句。从小，爹娘就给他唤了个女孩的名字。这是很难受的事，很让他没面子。

“性福”卡捏在三妮儿手里了，一张都没发出去。没人愿意画饼充饥，没人愿意过干瘾。画饼充饥或过干瘾，会让人得病的，会让人发疯的。

三妮儿的肚子里还是有点墨水的。有墨水，脑子就会转圈。三妮儿算了一笔账：一个人一张卡，相当于一百二十块钱；十个人十张卡，一千二百块钱；一百个人一百张卡，相当于相当于一万两千块钱；一千个人一千张卡，相当于十二万块钱……城里有多少民工呢？不敢细算了。

三妮儿亢奋起来了。

天一擦黑，三妮儿就潜入到夜色里去了。

三妮儿去了城市的每一个角落。收卡，收了许多张“性福”卡。然后，他又去了形形色色的药店、保健品店。

几乎每天夜里，三妮儿都要跑出去。

没人知道，三妮儿夜里出去干什么。茂良、茂台、四臭、都不知道。问他，他也不说，只是嘿嘿地干笑。茂良以为他出去消费“性福”卡了，消费小姐了。茂台也这么认为，说三妮儿自己的卡不够用，消费了大家的卡。四臭干脆骂了起来：咋不要脸呢？腰里揣副牌，见谁跟谁来！

终于，三妮儿出事了，被警察逮走了。

老板气得当众大骂：这不要脸的货，发财发到政府头上了，竟敢投机倒把，竟敢贩卖淫具！

事后紧急避孕

娟子走下火车，走出剪票口，踏入了茫茫人海。她拖着箱包，不知该往哪里去。接站的兰子没来？还是来了找不到她？娟子的目光茫然四顾，站前广场那块巨大的广告牌，不由分说地扑入眼帘：

“事后紧急避孕”——粉色的画面上，一个长发披肩的男人，一个肥裙掩肚的女人，正含情脉脉地闪烁激光。娟子看清了，是厂家打出的避孕药广告。

娟子的心一阵狂跳，面孔有些发烧。她不晓得火车站广场竖这样的广告有什么意义，她只晓得城市是多彩的，且处处都是陷阱。

是兰子打电话要她来城里的。兰子介绍娟子来城里当保姆。

可娟子下车这么久了，仍没看到接站的兰子。只有在广场上耐心等候，只有等兰子来做她的向导。

“妞儿，打车吗？”一个出租车司机溜了过来，油腔滑调地问娟子。

娟子没理睬他。出门的时候，要好的姐妹叮嘱她，千万不要和陌生人说话！

“小姐，我可以请您喝茶吗？”又一个男人闪了出来。是个油头粉面的老男人。

娟子感到了一阵恶心。城市真是个污水缸，龌龊的勾当，无时不有。娟子怒目圆睁，向老男人发射了一双坚硬的白色眼球。

娟子拖着箱包离开了站前广场。到哪儿去呢？兰子怎么还不来呢？娟子索性去了火车站东侧的公交车站，那儿有好多公交车，开往城市的每一片区域。娟子想，就在公交站等兰子，兰子一定会乘公交车来火车站接她。

“娟子！”果然，兰子气喘吁吁地从9路车上跳下来了。

“兰子姐！你怎么才来呀？是你接我，还是我接你？”娟子用小拳头捣了捣兰子。

“对不起哦，路上堵车！好了，别生气了，我们走！”兰子接过娟子的箱包，扯着娟子，跳上了另一辆9路车。

9路车在火车站广场兜了个圈儿子。娟子贴着车窗向外看，又看见了那块“事后紧急避孕”的广告牌。娟子不由得把脸扭过来，傻傻地一笑。

“笑什么?”兰子捅了娟子一把，顺手将一个小纸包塞到娟子的手中。兰子低声细语：“先别看，装好！专门为你预备的！你有文化，一看就懂了！”

“懂什么?”娟子的声色很单纯。

兰子笑而不答，竟哼起了一曲小调。很缠绵的那种小调，娟子一听就知道了，是那首著名的《城市小夜曲》。

兰子带着娟子，走进了金阳光小区。兰子告诉娟子，主人家是9栋9号。

敲开门，男女主人都在家。很大的一个家，从厅里看，有许多门，许多屋。

女主人打量着娟子：“兰子把规矩都给你说了吧？你每天的工作，都写在这张纸上了。薪酬和绩效考核细则，也写在纸上了。你自己看。条件就是这些条件。愿意干，你就留下来。随你的自愿，我们决不勉强。”

娟子接过女主人递过来的白纸，看见了一整页密密麻麻的小字。小字似乎都在爬，如虫子般涌动。娟子看得眼花缭乱，随口说：“我相信兰子姐，我愿意在这儿干!”

女主人露出笑容说：“有这个态度就好！好保姆细节体现素质。不过，我还有个要求。现在，我要当着介绍人兰子的面，登记一下你随身携带的东西，免得日后有什么差错。希望你不要介意，这是规矩，是对你负责，也是对大家负责。”女主人说到这里，瞥了兰子一眼。

兰子马上对娟子说：“娟子，这是应该的，打开箱包，登记一下，对大家都好!”又说，“娟子，以后，你给自己买东西，要记得开发票，以备阿姨检查。”说到这里，兰子悄悄地扮了个鬼脸。

娟子很不情愿地打开了箱包，亮出了自己的物品，让女主人一一过目。兰子在一旁用白纸做着登记，并不时地给娟子丢眼色，示意她不要生气。

箱包里的东西登记完了，女主人说：“衣兜也掏掏吧，不要遗漏什么!”

娟子阴着脸，从衣兜里掏出了小手帕、小钱包，还有兰子在公交车上塞给她的那个小纸包。

女主人抓过小纸包一看，就嚷起来了：“这是什么？你怎么带这个上我家?!”

娟子摇着头，不知所措。她真的不晓得，纸包里是什么东西。兰子在车上塞给她，没叫她看。

女主人继续嚷道：“你居然，居然，带着避孕药上门!”

兰子一把夺过纸包，把里面的药片塞进了自己的嘴里，嘎吱嘎吱嚼了起来。兰子笑道：“阿姨，这是我买的！忙里出错，我也不晓得，怎么塞进她衣兜了。阿姨，我谈男朋友了，晚上有约会呢！”

女主人缓了脸色说：“真是你的？你们这些乡下妞儿，叫我怎么说呢？城市包围农村了！城里的男人能不变坏吗?!”

兰子赔着笑脸说：“阿姨，别生气了！我敢保证，娟子不是那种人！娟子来城里打工，是帮男朋友挣学费的。是吧，娟子?”兰子转过身，示意娟子说话。

娟子咬着嘴唇，点了点头，却没说话。她气得泪水都要下来了。心想说，兰子姐，你瞎说些啥呢?

娟子留下来了，留在了9栋9号当保姆。

没多久，娟子就察觉了男主人那双异样的眼睛。那是一双会扒皮的眼睛，会喷射的眼睛。娟子隐隐地感到了威胁。某种事情，说不定什么时候，会突然发生的！想到这里，娟子惊恐不安了。冷静下来后，娟子做出了大胆的选择。

娟子悄悄地溜到街边的药店，果断地买了那种事后才服用的药片。

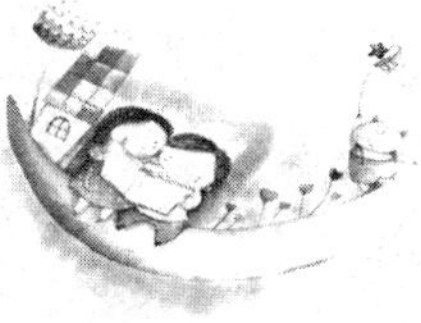

“尼姑”思凡

酒楼老板一看见春秀剃着光头，就把春秀留下来了。老板欢喜地说：爽，真爽，真有创意！

老板又把所有的小姐喊过来，要她们照着春秀的样子，每人去剃个光头。

春秀的脑袋又光又亮，衬得明媚皓齿。

刚进城那天，春秀着意把自己打扮得秀发飘飘。可她在人才市场泡了半天，连张表都没填上。有人说她，你没有大学文凭，算不得人才。春秀这才明白，自己不是人才，该去劳务市场。

城里的劳务市场，相当于乡下的农贸市场。春秀在这里看到了一张张蓬头垢面的脸孔，闻到了乡下人臭汗的味道。乡下人一堆堆窝成团，就像待售的土豆、萝卜、白菜。

春秀甩着飘逸的秀发，跑出了劳务市场。她一条街一条街地走，一脸泪水，一身汗水，像一支正在消融的冰淇淋。终于，春秀的眼前一亮。她看见了一家服装店，店门口摆着几个塑料模特。模特们衣冠楚楚，却都是些闪亮的光头。

一道灵感豁然闪现。

春秀找了家理发店，剃光了头发。然后，春秀来到了这家酒楼。城里人不是求新求异求刺激吗，春秀的光头，如一道闪电，首先将老板晃得睁不开眼睛。

在老板的命令下，酒楼的小姐，全都剃成了光头。老板特意让小姐们穿上大红旗袍，将她们包装得光鲜明亮。

酒楼有了光头小姐，名声大噪。门前车水马龙，食客摩肩接踵。

爽啊，真爽！食客们涌入酒楼，最先看到的就是光头小姐。他们总是忍不住要多打量小姐们几眼，有人甚至还动手抚摸小姐的光头。

要的就是这个效果。

小姐们的光头，随便摸。摸一摸光头，有什么关系呢？过去，也有不主贵的食客，管不住手，喜欢摸小姐的美臀。现在好了，他们不摸下面的美臀了，改摸上面的光头了。就那么摸上两把，似乎很惬意呢。

说实话，刚开始，小姐们对剃光头是有意见的。一个好好的女孩子，谁愿意剃光头呢。因此，她们恨着春秀，恨她不该引进来光头。可现在，她们不恨了。因为，光头转移了食客们的视线。更重要的是，老板给剃光头的小姐们涨了一倍工资。酒楼的生意一路上扬，老板天天欢喜着笑脸。

然而，春秀却有些不开心了。春秀的对象秋生，从乡下来看春秀。秋生一看见春秀的光头，脸色就变了。以后，哥也打电话来说春秀，爹娘也打电话来说春秀，要她离开城里回家。

春秀没有回家。剃着光头的春秀，想到了村里人会用最难听的话骂她，骂她是个假尼姑。

春秀怀念自己曾经有过的秀发了。春秀开始盼望着自己的脑袋上长出来头发了。可是，当脑袋刚刚有了毛茸茸的发苗时，她又去了理发店，又将头皮刮得精光。她不能让头发长出来，真的，不能让头发长出来。一旦头发长了出来，她就会丢掉酒楼的饭碗了。

老板对春秀不薄，不但奖励她，还让她光荣。政府评选优秀务工人员，老板就把春秀的名字报了上去。不久，春秀就去电视台开表彰会了。临走的时候，老板特意对春秀说：你不要忘记，你是酒楼的形象大使！你肯定要上电视了，一定要让观众看见你的笑容和你的光头！

在往电视台去的路上，春秀改变了主意，走进了一家美容店。春秀从美容店出来的时候，秀发飘飘。春秀披着飘逸的假发，去了电视台。

当天的电视新闻中，出现了春秀的倩姿靓影。

春秀没有再回到酒楼。春秀炒了老板的鱿鱼。

春秀又去了几家酒楼，却没有一个老板肯收留她。有个老板说，我们都知道你，你现在是戴着假发吧？如果你肯摘掉假发，也许，我会考虑聘用你。你知道，每个酒楼总要有自己的服务特色，云南那边，有“女体盛”；成都那边，有“男体盛”；重庆那边，还有“美女屁股”板凳……不都是要抓食客的眼球嘛。

春秀又跑上了街头，一脸泪水，一身汗水，让自己在阳光下消融。

不期然间，她又看见了那家服装店，看见了店里那几个塑料模特。阳光下，模特们赤身裸体，被剥得浑身精光。

春秀走进了服装店。

春秀看了看女老板，默默地给一个模特套上了服装。

女老板微微点了点头，对春秀说：姑娘，你留下来吧。

春秀星眼含泪，摘下来假发，戴到了模特的头上。

哭灵人

你只要会哭，你在城里就饿不死！

当初，村里有个姐妹跟娟子这么说。

姐妹们三三两两的进城打工了，娟子没去。娟子听说，姐妹们有的去歌厅坐台，有的去桑拿房按摩，有的当了保姆，有的被人给包了……所以，娟子不愿意去。

可现在，娟子却来到了城里。是来陪娘看病的，娘住了城里的大医院。娟子身上带的钱，流水似的往外花。当兜里只剩下十块钱的时候，泪水爬出了她的眼眶。

你只要会哭，你在城里就饿不死！

娟子突然想起来这句话。

于是，娟子来到了医院的殡仪馆。有个人家正在治丧。娟子看见，有人在低声哭泣，更多的人却肃穆着脸，没有一滴泪水。娟子望着逝者的遗像，“哇”的一声哭出腔来。逝者是个慈祥的老人，娟子忽然想起来死去的父亲，不禁悲从中来。

娟子失声痛哭，催人泪下。许多人受到感染，低一声，高一声，随着哭了起来。

葬礼结束的时候，主事人给娟子封了个钱包。娟子用自己的哭声，挣了第一笔钱。

娟子给殡仪馆的管理员买了一瓶酒、两包烟。娟子说：大叔，就让我在这儿哭灵吧。我娘住院，需要钱！

管理员听了娟子的话，唏嘘不已。

就这样，娟子成了殡仪馆的哭灵人。大医院，病号多，隔三差五就死人。一死人，管理员就来喊娟子，让她过去哭灵。

时间一长，人们都知道了，娟子是个职业哭灵人。城里人本来就忙得很，哪有那么多眼泪到殡仪馆来哭呢？再说了，城里人都是有面子的人，谁若是在葬礼上哭哭啼啼，没准会成为人们的谈资呢。于是，城里人都不想哭了，都懒得哭了，都委托娟子来哭。

娟子有足够的钱给娘看病了。

不过，娟子却是忙不过来了。一到冬天，许多老年人都挺不过去。年头岁尾，出车祸的也多。殡仪馆的冰柜里就总是人满为患。这时候，娟子一天就要哭上两三场。娟子做了记录，一年哭下来，竟然哭了二百多场！

忙不过来，娟子就成立了哭灵公司，招了几个嗓门大的人，分头去哭。

娘的病，已经不用她管了。她给娘雇了个保姆。需要交钱的时候，往住院部交钱就是了。她在医院附近的宾馆包了房间，有空的时候，就过来看看娘。

但她多半没空。城市里有那么多医院，每天要死多少人啊！越来越多的死者亲属打电话来，请娟子过去哭灵。有时，人还没死，儿女们就来预约了，届时，一定要请她过去亲自哭灵。因为，娟子的哭声最真，最美，腔调悲壮，余音绕梁，极易形成热烈的悲痛氛围。更重要的是，娟子年轻，人又漂亮，身穿孝服，哭起来梨花带雨，那真叫做“要想俏，一身孝”啊！

哭灵公司在发展中壮大，在壮大中发展。

娟子哭灵，已经不满足于原汁原味的哭腔了。每次哭灵，她都要带两班乐手，一班民乐，一班西洋乐，集传统民俗和现代时尚之大成，轮番演奏，引人共鸣。而且，娟子哭灵，更注重技术上的创新与突破。这就是手持麦克风，借助于音响设备，如泣如诉，高唱挽歌！悲歌一曲动天地，人们怎么能不为之动容呢！

哭灵公司的小厮们，工作都很卖力。每当娟子对着麦克风，演唱哭腔的时候，小厮们就会扮作小鬼小妖状，群魔乱舞，营造出可怕的地狱或美丽的天堂，将死者的亲属们带入虚幻的大悲大喜之境界。除了歌伴舞，小厮们还会因地制宜、因时制宜，表演各种节目，引人入胜，将葬礼推向高潮。

娟子哭灵名声大噪，响彻方圆。

天有不测风云。保姆突然来电话了。

保姆在电话上说，娟子娘的病情突然恶化了，医生已经下达了《病危通知书》。

娟子赶到医院的时候，娘已经过世了。

娟子伏在娘的遗体上，失声痛哭。可她哭了几声，却发现自己没有一滴泪！娟子很惊异，挤不出来泪水，也只能干嚎几声了。

娘的葬礼隆重而热烈。娟子指挥着哭灵公司的小厮们，齐声哭灵。顷刻间，哭声铺天盖地，冥币漫天飞舞。

娟子亲自给娘哭灵，可还是哭不出泪来。

娟子急中生智，烧掉了一大捆真币，眼泪哗哗地淌了出来。

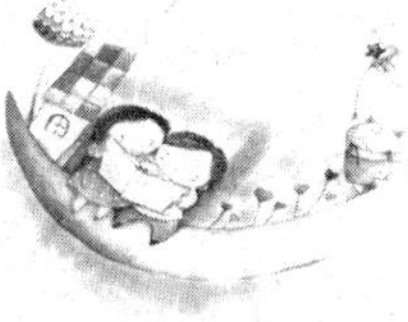

老乡见老乡

张三问李四：去不去打枪？

李四反问：打什么枪？

李四爱红脸，李四的脸红了。其实，李四已经知道什么是打枪了。李四虽然没打过枪，但听张三说过打枪。张三和别人说打枪的时候，笑得嘎嘎的，像北京的鸭子。

张三说：我领你去，让你尝尝女人的味道。

李四不去。李四知道那要花很多钱。李四出来打工，一分钱掰成两半花。李四家有老娘，还有一个上学的妹妹。李四还没娶媳妇呢。没娶媳妇，就得攒钱，就更不能乱花钱。

张三拉上李四说：走吧，我请客。一人三十块钱，俩人才六十块钱。

李四还是不去。李四害怕被抓。李四常听见人说，公安端掉了某某淫窝。公安罚嫖客，每个罚五千块钱。李四没有五千块钱，砸烂骨头也没有五千块钱。

张三说：你怕个球！不用怕。我领你上咱老乡开的发廊。老乡见老乡，两眼泪汪汪。有老乡掩护咱，照顾咱。女老乡，和咱村的妇女一样，一嘴葱花味，香，很香！

李四笑了。

看见李四笑，张三拉上李四就走。张三给李四塞了三十块钱，要他给小姐。

槐花发廊。灯光很黄。

发廊里坐了几个小姐，穿着蛋糕靴，嘴唇又紫又亮。

老板娘看见张三说：哥，你好几天没来了！

张三说：想我啦？今天我领来个朋友，好好招待呀。

老板娘上下打量着李四，撇了撇嘴。

张三说：撇啥嘴？人家可是个未婚青年，绝对童子鸡儿！

小姐们“哄”的一声，都笑了，笑得东倒西歪。

张三说：老乡见老乡，两眼泪汪汪，出来混生活，都不容易！价格，你再让一让！

老板娘说：总得保本经营吧，总得让俺的姑娘们喝碗烩面吧？得，再给你让五块，二十五块一枪，不能再少了！要在大城市，少三百块，你想打枪?!

张三说：要在美国，你还敢要五百美元呢！

小姐们“嗷”了一声，又笑了，笑得前仰后合。

老板娘说：这位兄弟是第一次来，让他领受一流的超值服务。

小姐们又哄笑起来。李四臊得脸色通红，像红头公鸡一样红。

张三点了两个小姐，一个给自己，一个给李四。

剩下的小姐们，自动散去了。

一个小姐领着张三，进了三号门帘。另一个小姐，拉着李四，进了四号门帘。

不久，李四就听见隔壁传来张三耕耘的声音和小姐夸张的呻吟。

李四却一直没有行动。

李四看看小姐，小姐看看李四。

李四说：二十五块钱，你就值二十五块钱？

小姐说：哥，你什么意思？优惠你五块钱，你还不领情？

李四说：街上收破烂的妇女，给五块钱就干。

小姐掩嘴一笑：哥，你是收破烂的吗？五块钱，那叫什么档次？你也干？

李四的脸又红了一遍。

李四也是听人说的，干收破烂的妇女，给五块钱。收破烂的妇女，有的是，背个蛇皮袋子，满街蹿。

李四说：我没干过，她们不讲卫生。

小姐说：哥，你真可怜。今天，我叫你干。你要是不舍得花二十五块钱，你可以干一半，干前半截，我收十五块。

李四问：那我干后半截，给你十块。

小姐呵呵地笑了起来：哥，你坏，你真坏！

李四的脸又红了一遍。李四的呼吸也急促了起来。李四骂自己真是不要脸，怎么和小姐说出这么不要脸的话来。

小姐开始脱衣服了。

李四却夹着腿站了起来。

小姐说：你脱呀，木头人吗？

李四说：我不干，我不能干。

小姐温柔地说：哥，哥，老乡见老乡，两眼喜洋洋。

李四说：我喜不起来。老乡见老乡，两眼泪汪汪！

李四的眼眶里，真的盈出了泪珠。李四想起来妹妹了。妹妹若是不读书，若是出来打工，会不会成为发廊的小姐？

李四不知道。李四的眼眶模糊起来。

小姐杏目圆睁，瞪着李四。小姐恨恨地说：你这人，死了都不亏！尽耽误生意！

张三已经在门外等着李四了。

李四昂首挺胸地走了出来。

张三坏坏地笑道：怎么样？女老乡，味道香吧？

李四咬着嘴唇，将三十块钱塞到了张三的手里。

张三大笑：好啊，好啊，老乡见老乡，免费打一枪！

给猫下奶

张三听说，窝头家的猫下崽了，就问李四：要不要去给猫下奶？

李四明白张三的意思，给猫下奶，就是给窝头送钱。

窝头已经拖欠几个月的工资不发了，窝头有一百个理由拖欠。张三和李四去给猫下奶，就意味着有几天要喝稀汤。

在窝头家门口，张三和李四遇见了王五、赵六、杨七、郭八。他们都龇着黄牙微笑：给猫下奶来啦？给猫下奶来啦！

窝头还算客气。窝头从猫眼里瞄见了张三和李四，就放他们进屋了。一进屋，张三就说：恭喜恭喜！李四也跟着说：恭喜恭喜！

窝头喜笑颜开：不是我吹的，俺家猫生的是双胞胎！

张三挤出笑容，拿出红包说：给猫下奶！

李四也挤出笑容，也拿出红包说：给猫下奶！

窝头灿烂着笑脸：惊动了广大员工，都来给猫下奶！

窝头眼角瞥了瞥红包，又说：你们是来破坏廉政建设的吗？你们不容易，我也不容易啊！

张三脸上堆着笑说：哪里哪里，我们支持您，从各方面支持您！

李四也堆着笑容说：支持，各方面支持！

窝头正色说：支持我就好！下个月就把工资给你们补齐。你们的小心思，我不知道？

听窝头这么一说，给猫下奶的目的就达到了。张三脑筋一转，就不说工资了，专门说猫。张三说，家里有猫，真好，真温馨。有双胞胎就更好，更温馨。张三说温馨的时候，说的很真切，很努力，生怕词不达意。

窝头白了张三一眼：温馨？真他妈的烦死我了！你们是不生孩子不知道肚子痛！我媳妇一个孩子都怀不上，一个破猫，敢生一窝双胞胎！这不是讽刺我嘛！重大讽刺！

李四插嘴说：猫这么做，是不对的，您千万别上火！

张三仿佛想起来什么，就压低声音说：我听人家说过，家里养猫，影响妇女怀孕。

是吗？窝头的脸色凝重起来了。

是哩。李四接话说，孕妇不敢近猫，流产哩。

张三摸到了谈话的主题。张三觉得，有必要阐述人和动物的关系，以进一步获得窝头的信任，也显得自己贴心。张三就从非典说开去，说来说去，说到了果子狸，说果子狸就是狸猫，狸猫也是猫哇。接着又说禽流感，鸡鸭猫狗都扯了进去，这些小动物都不卫生，身上都有病毒。

李四在一边听着，没再吭声。李四觉得张三的话稠了，明明是来给猫下奶的，怎么说开了猫的坏话？

窝头没有怪罪他们的意思。窝头两手互相掰着，做顿悟状说：我说媳妇怎么搞的嘛！原来是猫作妖呢！这样吧，母猫我处理掉，猫崽就送给你们养了！

张三傻眼了，李四也傻眼了。

窝头看看张三，又看看李四，笑了：我也不亏待你们，他们（指王五等人）送来的红包，还有你们送来的红包，统统拿走，给猫下奶的钱，你们统统拿走！委托你们给猫下奶！

还有什么可说的呢？没什么可说的了。张三和李四，每人抱着一只猫崽，出了窝头家的门。当然，窝头扔过来的那些红包，他们没拿，拿了就是傻瓜了。

接下来的问题发生了：怎样给猫下奶？

张三和李四，给猫买了奶粉，以最便捷的方式，给猫崽喂奶。每天每天，给猫崽冲奶粉喝，笑得王五他们直个劲发嗲，一声接一声学猫叫。

张三和李四，不止一次说起，要将猫崽溺死。可他们不敢，因为猫崽是窝头的猫崽。说不定哪天，窝头和他媳妇要过来看猫崽。看不到猫崽，怎么交差？张三和李四愁怀了，两只猫崽都是母的，将来一窝一窝生猫崽，什么时候是个终结啊？

后来，张三和李四想明白了，也只有养着猫崽，他们才有饭吃。果然，窝头每次来看猫崽，都顺便把工钱给他们结了，羡慕得王五他们干瞪白眼。

只是，张三和李四，经常在背地里抽打猫崽。边打边骂，一个骂张三，一个骂李四。他们给猫崽取了名字，一个叫张三，一个叫李四。

无言的中毒者

老杜是个一氧化碳中毒者，也就是煤气中毒者。老杜刚被抬进来那天，昏迷不醒，浑身散发着臭气。大家都看见了，他脚上穿着一只袜子，露着脚趾头。

老杜是个民工，晚上睡觉，生炉子，中了煤毒。煤气中毒者，在医学上叫做一氧化碳中毒者，吸高压氧，很有疗效。老杜就被送到了高压氧舱。

老天爷同情受苦的人。老杜吸了高压氧，一天比一天好转，吸到第三天，已经能下地走路了。同时做高压氧的患者们，亲眼见到老杜从奈何桥上回来了，都说他命大福大造化大！

可是，老杜却一言不发！

无论谁和他说话，他都没有反应。老杜的眼神暗淡无光，闷着葫芦不开瓢，好像是个植物人。

要说，老杜也没啥想不开的。老板还真不错，给医院押了一千多块钱住院费，还派人护理。虽然，老杜的老婆没从安徽过来，那是没敢让她知道。等老杜好了，过年时欢蹦乱跳地回去个大活人，不比啥都强?!

老杜究竟为什么不说话呢?

谁都说不清，这家伙肚里装的啥转轴。反正，他是个民工，不说话就不说话吧，城里人谁在乎他?

老杜不说话，大家也就不理他，全当没有他。可没有他又不行。因为住院部的会计跑过来了，通知高压氧舱，老杜的押金花完了，账上差一百多块钱，要是不交齐了，就不能让他再吸氧！

老杜还是不说话。仿佛欠款的不是他。

会计喋喋不休地说，见过的多了，有的病号，欠了一堆账，不吭气就蹿了，让我来擦屁股！老杜这一百多块钱不交，就得从我工资里扣了！

高压氧舱的罗医生，很谦和地问老杜：怎么办？你交不交钱？大家都在等你呢！一舱六个人，少一个人都不能开舱。你若是不吸氧了，我们马上安排别人。可是，你已经吸了三天氧了，中断了，很不利于康复啊。

病友们纷纷说老杜，是啊是啊，既然来吸氧，就该吸满一个疗程。你是一氧化碳中毒，吸氧最有疗效！你不吸氧，落下后遗症，变成痴呆了，你就后悔了！

老杜仍然不说话，白眼球翻着，黑眼珠转着。

众人转向了陪护老杜的小山东。小山东还是个孩子，嘴巴却很甜。这几天，他已经和大家混熟了，也就实话实说了：大爷、大娘、叔叔、阿姨！老板给的钱，花光了，真的花光了。晚上，老板就过来，差多少，肯定会补上！先让老杜吸氧吧，要不然，我把今天吸氧的钱先垫上？小山东说着，从兜里摸出了五十块钱。

病号们一齐帮小山东求情。罗医生看看会计，同意了。

小山东涨红着脸，跑去交钱了。老杜简直是个冷血动物，还是一言不发。

病号们进了高压氧舱，再也不像前三天那样，对老杜嘘寒问暖了，都不理他。想起他刚来那天，都快死了，大家忍受着臭袜子味道，七手八脚抬他，帮他戴吸氧面罩，他才活过来了。早知道他是个死猪不怕开水烫，真不该管他！他不说话，也许，他在骨子里仇视着城市！什么心态嘛。

一天过得很快。第五天，老杜又来吸氧了。小山东说，他已给老杜办了出院手续。老杜不住院了，去住招待所了，每天过来吸氧，吸一次，交一次钱。小山东又说，老板让他回去干活儿，他就不来陪老杜了，还请大家多多关照老杜。

众人都不吭声，没人搭理老杜。

罗医生开始点名进舱。点到老杜的时候，都以为耳朵听错了。老杜变成了“张孬”！

老杜怎么变成张孬了呢？大家觉得又好气、又好笑！也没人问他，张孬就张孬吧！不过就是个符号嘛！

可是，大家仍然觉得眼睛里揉进了沙子。因为他们看见，张孬（老杜）穿了一套西服，还穿了一双皮鞋！而且，他还摸出了香烟，牌子也不赖！

有人呵斥了一声：张孬，进高压氧舱不能带易燃品，你不知道？把香烟、打火机交出来，你想当犯罪嫌疑人呀！

锁定证据

又一个治愈者逃窜了，甩下一屁股救治费，跑得无影无踪了。

天立医院的夏院长很恼火。近两个月，天立医院收治了三十多名“三无”患者（无钱、无证件、无家属），先后有二十二个治愈者逃之夭夭。算下来，救治这些人的费用，医院损失了二十多万元。

医护人员对院长提出了非议。如果，医院不能有效地遏制病人逃逸，医护人员将拒绝收治危重伤病员。有的医生甚至发出了狠话：对无主伤病员，最好的办法是抛弃到野外！

夏院长召集业务骨干开会，请大家想办法，集思广益。

A主任说：我建议在医院大门口，安装电子眼。这样的话，每天出来进去的人，一卦全收！就像警察查违章，谁闯红灯，让电子眼说话，一目了然！

B医生不同意：恐怕不好操作吧？警察查车，车屁股有车号，病人的屁股上可没有号码呀。

A主任当即反驳：那也能查到。抢银行的人，屁股上也没有号码，可警察借助于监控录像，准能把他们抓到！

夏院长说：依我看，电子眼行不通，医院毕竟不是银行，也不是大马路，警察是不会帮我们追讨医药费的。

C科长说：我想，我们可以用照相机拍照。一个科室，配一部数码相机，来了病号，先给他照相。然后，储存到电脑里，不怕他藏猫猫。

A主任问：病人是长腿儿的动物，他跑了，电脑里存他的照片有什么用？

C科长说：电脑可以联网嘛，我们通过网络，把逃跑者的照片发送到各医院去。这样的话，各医院都可以帮我们逮住他。就是不逮他，也不给他看病。谁让他是个三无分子？

B医生接话说：这个办法好，就像警察发布网上通缉令，跑到天边去，也能把他抓回来！

夏院长说：这个办法好是好，但就是动静大了。也许，没等我们操作呢，媒体就会出面搅局！还有，那些吃饱了没事干的所谓法学专家，也会跑出来说坏话的！再说了，各家医院联网，也不是一句话的事，人心隔肚皮啊。

会议如中药煎汤，不紧不慢地进行着。突然，D护士长闯进了会议室。D护士长冲到夏院长面前，气呼呼地说：院长，我要辞职！干医护这一行，我感到莫大的耻辱！

什么耻辱？医护工作者是神圣的白衣天使！夏院长批评道。

反正我不干了。D护士长呜呜地哭了起来。

众人面面相觑。不对啊，D护士长任劳任怨二十多年了，怎么说撂挑子就撂挑子了？

说说看，什么理由？夏院长问。

院长，我不怕苦不怕脏不怕累，但就是不能受侮辱！

怎么？谁对你要流氓了?!

D护士长委屈地说：刚才，我正在护理三十五床，一把屎一把尿的。谁知道，他的家属扛着录像机进来了。家属说要全程录像，为可能出现的医疗事故或天价医药费搜取证据！院长啊，这是对医护人员的极大侮辱！真让我感到耻辱！

夏院长松了口气：这有什么奇怪的呢？我早已经见怪不怪了。别往心里去。你看，我们正在开会，正讨论解决医患纠纷问题。这样吧，你也坐下来，代表护士们，发表一下意见。

A主任说：院长，我接着说吧。我们医护工作者受欺负，是有目共睹的事实。我看还是要以毒攻毒！病人家属把录像机都扛出来了，我们就是不用电子眼，也该端出来照相机吧?!

B医生说：相对于某些患者来说，医生、护士也是弱者嘛！社会应该为我们流下同情的眼泪！

C科长说：是的，在医患纠纷中，人们往往认为“患者就是弱者”。这种传统的思维方式，必须打破了！

D护士擦干了眼泪说：我们总不能忍受屈辱来救死扶伤吧？医护人员的人格权、生存权、名誉权，必须得到保障！

夏院长点点头说：你们说的对，从法律上讲，患者和医护人员是平等的。我想，我们至少可以采取拍照的方式，锁定证据。这，既是无奈之举，也是法律所允许的！

接下来要讨论的，就是如何给患者拍照了。

经过充分酝酿，与会人员达成了共识：各科室配备一部数码相机和一部隐形录像机，随时抓拍患者的面部特征和行走姿态。

此外，他们还形成了一项秘密决定：印制一批扑克牌通缉令，向各医院派送。扑克牌印上逃逸的“三无”分子头像，提请各医院的医护人员注意，让同行的眼睛同时捕捉他们。总而言之，就是要将“三无”分子逼进墙角，不管他们走到哪里，都不会再得到救治，让他们死无葬身之地。

扑克牌通缉令

扑克牌通缉令已发送到了相关医院。

异乡人走进来的时候，医生正在饶有兴趣地摆弄扑克牌。异乡人不知道医生手里的是扑克牌通缉令。异乡人很奇怪，医生一个人玩牌，怎么玩？

看病，请给我看病！异乡人小心翼翼地提醒医生。

医生瞄了异乡人一眼：叫什么叫？没看见我正在忙着吗？

忙？您不是在玩牌吗？异乡人忍不住说。

废话。你看这是什么牌？是扑克牌通缉令！你不知道吧，是专门通缉“三无”分子的！

什么是“三无”分子？

就是跑到医院来看病，一无钱、二无证件、三无家属的人！病给他看好了，伤给他治好了，却不交费，人跑蹿了！

我不是“三无”分子，我带钱了，请您给我看病。

呵呵，你带钱了？你带了多少钱？够看你的病吗？像你这样的人，我见的多了。你看看，扑克牌通缉令，这些家伙，都貌似忠厚！结果呢，个个都是赖皮！好好看看，有没有你认得的？有的话，你检举揭发，给你减免百分之三十的医药费。医生说着，将扑克牌通缉令推到了异乡人的面前。

异乡人说：我不认得这些人，还是给我看病吧。

异乡人又说：反正上面没有印着我的照片，你应该给我看病。

医生说：你急什么？实话告诉你，我正在怀疑你！

怀疑我什么？

怀疑你是黑桃K！医生说着，操纵了身边的一个按钮，电铃当即“哇呜哇呜”地响了起来，像是救护车的声音，很刺耳。很快，一个男护士跑了进来。

医生指着异乡人，对男护士说：你看他像不像黑桃K？

男护士眯起眼，打量着异乡人。然后，他挑出一张牌做比对。是的，是很像黑桃K！

医生说：带他去做鉴定。

男护士对异乡人说：走吧，抽血化验。

异乡人骇道：为什么要抽我的血？

医生说：检测你的血型，只要一滴就够了。

异乡人说：我不去，我不是黑桃K！

医生说：你不去，你就更可疑了，说明你心虚！

异乡人问：如果，我的血型和黑桃K不同，我就被排除了吧？

医生说：原则上说，是这样。去吧，还是去吧。

异乡人又问：如果，我的血型和黑桃K相同呢？

医生说：那我就帮不了你了！只有让你再做个DNA了，让DNA说话吧。DNA是很准的，美国总统犯事了，就是用DNA作证的。

异乡人说：怎么还要做DNA呢？又不是亲子鉴定。

医生说：你哪那么多废话呢？让你去，你就去。天网恢恢，疏而不漏。去吧，化验血型，才十块钱嘛。十块钱，你没有吗？

异乡人攥了攥拳头说：有，我当然有！

男护士把异乡人拽走了，拽去抽血了。

医生暗暗发笑。医生想起来院长说过的一句经典："病人来了，一定会让他得病的！"

稍许，异乡人回来了，身后跟着男护士。男护士把化验单交给医生说：结果出来了，他是B型。

医生看着异乡人说：不对吧，你怎么会是B型呢？也许，是化验设备出了故障。看来，只有让你做DNA了。不过，我要告诉你，我们医院还做不了DNA。你转院吧，天立医院能做。我们是不会冤枉一个好人的，但也不会放过一个坏人。

医生说着，按了一下按钮，又一个男护士跑了进来。医生挥了挥手，两个男护士架着异乡人，转到天立医院去了。

医生再次暗笑：里里外外查你，非查出你的黑洞来！

不久，两个男护士垂头丧气地回来了。

怎么？人呢？DNA呢？

跑了，妈的，一出门，他就跑了！

怎么让他跑了呢？真笨！医生满脸不高兴。

跑就跑了吧，反正他又不是黑桃K！一个护士说。

是的，血型不对，他不是黑桃K！另一个护士也说。

医生说：你们替谁说话？他跑了，就说明他有问题！就算他不是黑桃K，难道我们就不能把他变成黑桃K？对不对？你们想一想嘛。我要向上级报告，再制作一批扑克牌通缉令，把这个逃跑的家伙制作上去，让他上黑名单，让他走投无路！

医生又说：刚才，我已经偷偷把他拍照下来了。说实话，我对异乡人，保持着天然的警惕，一看见他们，我就觉得可疑！咋看咋像犯罪嫌疑人！

两个护士灰着脸出去了，一出门就笑了。异乡人是被他们故意放跑的，异乡人给了他们每人一百块钱。

异乡人的孩子

老师号召大家去于小黑家参观。于小黑虽然家境清贫，可他的学习成绩最好。老师说，于小黑是异乡人的孩子，他家比谁家都穷，你们去他家看看，你们就知道该怎么努力学习了。

每当老师这么说的时候，于小黑总是低下头，黑下脸，一张小脸又红又黑。

几个同学却在悄悄扮着鬼脸。他们不爱听老师的话，真的，很不爱听老师的话。老师总是用表扬于小黑来打击他们，用于小黑的贫穷来教育他们。

没人去于小黑家参观，一个人都没有。谁都不愿意去。一个异乡人的破家，又穷又脏，去看什么看？但同学们还是要给老师一点面子的。或者说，还是要给于小黑一点面子的。

同学 A 说：小黑，咱俩换衣服穿吧，就穿一天，让我沾沾你的灵气。

同学 B 说：小黑，把你的旧鞋子送给我吧，让我走上奋斗之路。

同学 C 说：小黑，我可以和你换书包吗？我的书包，一百多块钱呢！你的书包，值多少钱呢？五块钱吧？

同学 D 说：小黑，从你家给我带馍吃吧，我给你买面包吃。听说，你娘蒸的手工馍很好吃？

……

于小黑的脸，更红更黑了。

于小黑没有满足任何一个同学的要求。贫穷就是贫穷，贫穷是不能送人的，也是不能和任何人交换的。于小黑知道，只有好好读书，将来考上大学，才能甩掉贫穷的帽子。知识改变命运。

于小黑更加死命读书了。

老师却不死心，老师还在动员大家去于小黑家参观。于小黑这个典型太好了，太难得了。美就在身边，我们缺少的是发现美的眼睛。老师一定要把于小黑这个典型发掘出来，让他成为照耀全班同学进步的灯塔。可是，没有人去于小黑家参观，这怎么办呢？老师想到了学生家长。对，就让家长们了解于小黑的事迹，让家长们去于小黑家参观！

老师召开了家长会。老师声情并茂地讲述了异乡人的孩子于小黑的故事。老师说：一个异乡人的孩子，家境那么清贫，可学习成绩却很拔尖，难道不值得我们学习、参观吗？天降大任于斯人，必先苦其心智，劳其筋骨，饿其体肤！

家长们点着头，深有体会地点着头。老师说得太对了，现在的孩子，就是缺乏吃苦，就是需要清贫！梅花香自苦寒来，不吃苦中苦，怎做人上人?！与其花钱送孩子去参加拓展训练，倒不如带孩子去于小黑家参观！

于是，家长们围住了于小黑，提出要去他家观摩。

家长A说：小黑同学，你应该欢迎我们，我们是到你家学习的！

家长B说：小黑同学，贫穷也是财富，我希望我的孩子能和你共同拥有这笔财富！

家长C说：小黑同学，我真心希望，我家孩子能和你成为最好的朋友，一帮一、一对红！

家长D说：小黑同学，就算是有偿参观吧，付给你参观费，行不行？

……

于小黑低头不语。晶莹的泪珠在他的眼眶里打转转。于小黑很想大哭一场，痛痛快快地大哭一场。

于小黑可以说“不”！

于小黑大声地说了“不”！

于小黑不想让自己家的贫困成为别人的反面教材。

老师很遗憾。

家长们很遗憾。

同学们却不遗憾。因为，同学们获得了解脱。于小黑不同意去他家参观，这不是让每个同学都解脱了嘛。不然的话，于小黑这个反面教员，会成为他们心中永远的阴影。

同学A、同学B、同学C、同学D等人在一起商量，一定要消灭于小黑这个阴影。从明天起，给于小黑吃奶糖、吃冰淇淋、吃克力架、吃火腿肠、吃肯德基、吃炸薯条……先让他从嘴上变馋，再把他从学习上变懒，彻底将他和平演变。他们相信，要不了多久，于小黑就会和他们一样了，天天花零钱，完不成作业。

可他们哪里想到，第二天，异乡人的孩子于小黑，没来上课。听老师说，于小黑转学了。

你是谁的鲶鱼

王小妮哭了，因为，她没学上了，学校被教委封了。一夜之间，全市的异乡人子弟学校，被教委一刀切了。

到处都是哭声。

小妮娘愁死了。怎么办啊，总不能卷铺盖回老家吧。她爹，你说话呀，咱该咋办啊？

咋办？凉拌！王卡苦笑道：要把坏事当好事看。教委不是说了吗，异乡人的孩子，“要有学上，有好学上！”

王卡说的不是瞎话，教委的人说，撤销不规范的学校，让孩子们都去上公立学校。

上公立学校好啊。可上公立学校，不是拿嘴嗡的，要四证齐全，才能报得上名。户口簿、暂住证、务工证明、孩子在原籍的无人监护证明，哪一样都不能少！四证办下来，得跑多少天？得烧多少香？不敢想，想都不敢想！

不敢想，也得想。王卡想了一整夜，还是老老实实地坐火车走了，回老家去了，拿户口簿、开无人监护证明。

五天后，王卡回来了，带回来了两证。王卡说，看见了几个老乡，因为办证困难，索性把孩子送回老家读书了。回老家也好，免费义务教育，不用交那么多学费。

王小妮说：我不回老家，再穷不能穷教育，再苦不能苦孩子！

王卡笑道：说啥呢？苦着你了吗？爹不是拿来了两个证吗？

王小妮说：还有两个证没办呢，都快开学了。

王卡说：你以为那么容易？到哪儿都是门难进、脸难看、证难办！

小妮娘插嘴说：去办假证吧，不用求爷爷告奶奶！

王卡说：说啥呢？办假证？你当娘的，想得出来！

小妮娘争辩道：有钱没证，你说咋办？掏得起钱，办不来证！

王卡说：咋办？还是凉拌！大不了，离开A城，到D城去，异乡人的孩子在D城上学，不用办证！

小妮娘说：那还不快了，只要A城树标杆了，D城也快了！

王卡瞪着眼睛说：你会不会说话？你怎么总是拔我的气门芯呢？我说向东，你说向西；我说打狗，你说撵鸡！

小妮娘笑了，捂住牙笑了。她知道自己错了。

王卡摇摇头，摔门出去了，办证去了。

谢天谢地，没白跑腿，几天后，剩下的两个证，总算办齐全了。

四证都齐了，王卡带上王小妮，到红旗路小学报名去了。可学校不给报名，还需要一张健康证明。人家是这样说的：你们异乡人的孩子，健康状况，不容乐观。必须有医院开具的健康证明。要不然，有传染病怎么办？把别人传染了怎么办？

只好去开健康证明。健康证明好开，只要舍得给医院掏钱，让医院把孩子看一遍，摸一遍，化验一遍，透视一遍，证明就开出来了。

开好了健康证明，学校还是不给报名。又说，要借读证。

王卡火了，真是火了。不是说要四个证吗？现在，我五个证都开来了，怎么又冒出来第六个证呢？

学校的人不阴不阳地说：我们有什么办法，教委发了补充通知！

只好再杀回老家去，到县教育局开借读证。王卡穿上兔子鞋，坐上火箭牌火车，又跑回老家去了。王卡想哭，却哭不出一滴眼泪。

六证齐全了，总算给王小妮报上了名。

开学第一天，小妮回来说了学校的新鲜事。老师没有把异乡人的孩子单独编班，而是把他们全都插到各班级去了。老师说这是鲶鱼效应。老师给同学们讲了一个故事。远古的时候，渔民出海捕鳗鱼，返航的时候，鳗鱼差不多都死光了，因为船舱里缺氧，鳗鱼又不好动。有位渔民想了个办法，将船舱里放了一些鲶鱼。鲶鱼和鳗鱼天生爱斗，激起了无数的水花，丰富了氧气。鳗鱼得到刺激，都活下来了。老师说，异乡人的孩子，是鲶鱼；城里人的孩子，是鳗鱼。班里有了鲶鱼，就有了竞争力，就能提高升学率。

小妮又说：爹、娘，以后，我读书不发愁了。

爹和娘惊奇地睁大了眼睛。

王小妮说：我们给学校制造了氧啊，没有我们这些鲶鱼，那些鳗鱼能活吗？

儿童听证会

这是一个喜欢召开听证会的城市。隔三差五，人们就要煞有介事地召开一场听证会。现在，儿童听证会也要召开了。儿童听证会的主题是：儿童要不要向学校.（幼儿园）上交分类垃圾？

因为有关部门要在儿童中开展评选“环保童星”活动。评选总得有个标准吧，有人就提出来，不妨开个儿童听证会，听听儿童和家长的意见，也算是集思广益吧。

朱学文被选为儿童听证委员会委员。是老师让他当委员的。老师说：你要珍惜这个荣誉称号。因为，你是异乡人的孩子。你父母进城打工不容易，你能进城读书也不容易。希望你能在听证会上投出自己神圣的一票。

朱学文知道，老师是让他投赞成票。

现在，朱学文坐在会议室大厅里，像听证委员会的其他委员一样，若有其事地听着与会代表做陈述性发言。陈述人分别是初中生、小学生、幼儿园孩子、儿童家长。朱学文听了第一轮发言后，明白了陈述人大致分两派意见。

一派是赞成派。赞成派的观点是：没有形式上的积累，就不会有心灵上的触动。儿童每天上交分类垃圾，这不仅有助于培育儿童的自身素质，也有利于提升全民族的素质。

另一派是反对派。反对派的观点是：儿童的主要任务是学习和健康成长。如果让儿童收交垃圾，极有可能危害儿童的健康，也会误导儿童的价值取向。例如，有的儿童为了完成任务，可能会去书报亭买报纸交给老师。

两派的观点各有亮色，听众席不时传来笑声和掌声。主持人也是个儿童，当然，也是个小人精。朱学文不知道她的名字，但在电视上见过她。她不但主持电视台的少儿节目，也在电视剧中客串过角色。朱学文家里有一台旧电视，是爸爸从垃圾箱里捡来的。所以，小人精一登台，朱学文就认出她来了。说实话，朱学文没怎么用心听陈述人发言，心思放在近距离观赏小人精上了。

小人精是个伶牙俐齿的小人精，不断地煽情，鼓动正反双方将各自的观点上纲上线。上到一定程度，就让听证委员会进行第一轮投票了。二十个委员投票，赞成的八票，反对的七票，中立的五票。

朱学文投了赞成票。因为，他想起来老师要他投赞成票。

第一轮过后，第二轮是自由辩论。辩论比陈述精彩，双方唇枪舌剑，不时有笑料爆出。正方有个儿童说，如果从小不会分类收交垃圾，长大了就不能出国，出去了也会被罚款，要不就会被老外给撵回来！反方有个儿童说，每天收集垃圾到学校，像个收破烂的，时间用在学习上有多好呀。正方有个家长说，爱国卫生，人人有责，收垃圾算什么，我小时候还收交过苍蝇呢！有一年夏天，我上交给学校九百九十九只苍蝇！反方有个家长说，我小时候，为了给学校交废品，把家里的易拉罐全倒了，老师奖励了我一朵小红花，家长奖励了我一顿暴打！

……

小人精宣布，听证委员会进行第二轮投票。小人精强调说，第二轮投票，每个委员都要慎重，这是最终表决！

朱学文犹豫了。第一轮，他投了赞成票。可这一轮，他想投反对票。刚才，正反双方辩论的时候，许多人都在笑，他没笑，他反倒想哭。他心里知道，为什么想哭。爸爸就在环保局下属的垃圾处理站打工。也许，正因为这个，老师才指派他担任听证委员会委员的，才让他来参加儿童听证会的。可他实在是反感“垃圾”这个词，他希望远离这个词，越远越好。

他不想赞成，但也不能反对。于是，朱学文投了中立票，也就是弃权票。投票结果很快就出来了，赞成的九票，反对的八票，中立的三票。

小人精宣布，儿童听证会的表决结果，将请有关部门上报市政府办公会议批准。

朱学文默不作声地溜出了会议大厅。他怕有人看出来他是异乡人的孩子，怕人家说他是垃圾处理站的孩子。

回到学校，朱学文看见了老师。他想躲开老师，老师却喊住了他。老师黑着脸说：听证会一散，那边的电话就过来了，你投了中立票。你怎么这么不争气呢？我和你怎么交代的？你是猪哇？脑子这么笨！你太不珍惜自己的神圣权利了！

没多久，有关部门颁布了学生向学校上交分类垃圾的规定。一些同学私下里找到朱学文说：你帮忙搞点垃圾吧，每天带到学校来，给你按数量付款，当然，优质优价！

同学们都在电视里看到了儿童听证会的专题节目，也都知道了朱学文的爸爸在垃圾处理站打工。

假如我当市长

本月班会的主题是："假如我当市长"。

"假如我当市长"，这个题目太大了，大得压死人！异乡人的孩子李小毛，从未想过自己要当市长。所以，李小毛一直低着头，他不知道怎样当市长。

同学们都在踊跃发言。他们对"假如我当市长"的话题很感兴趣，如果将来能当市长，那是再好不过的了。

"假如我当市长，我要绿化、美化我们的城市，从美国引进地皮草，从俄罗斯引进白桦树……我决不允许任何人在我们城市的任何角落种茄子、萝卜和小白菜。免得国际友人来我市访问，误以为我们仍然是落后的农业乡镇！"

"假如我当市长，我要在我市建个世界第一公园，在这个公园里，人们和各种动物和谐相处。当然，不可避免的是，我要从乡下收购一批牛马猪羊骡子驴……同学们不要见笑，现在很多小朋友分不清什么是马、什么是骡子、什么是驴！搞不清它们之间的关系，认为它们一模一样！"

……

几十个同学都发言了，阐述了"假如我当市长"这个命题。这个命题很有趣、很有意思、很吸引人，同学们乐得其所。

只有异乡人的孩子李小毛没有发言。

李小毛一直勾着脑袋，不知该如何参与这个话题。终于，班长点到了李小毛的名字，让李小毛谈谈想法，让他说说怎样当市长。

李小毛憋红了脸。李小毛吭哧着说："我……不想当市长，可以吗？"

"不行，今天班会的主题就是让每个人当市长。你不想当，也得当！你不当，就是烂泥扶不上墙！"班长没有商量的余地。

李小毛的脸更红了："假如，非叫我当市长，那我就做一件事——取消暂住证！"

李小毛刚说完，全班同学都笑翻了。

“真没出息，你当上市长，就办这件事吗？”

“是的，就办这件事。这是个大事。”

“这是个啥大事呢，你要是当上了市长，谁敢要你的暂住证呢？真傻！”

“没有暂住证，异乡人怎么在城市生存呢？异乡人的孩子，都要失学的！”李小毛抗争道。

“哦，是这样的。李小毛，能把你的暂住证拿出来看看吗？”

李小毛一惊，又不答话了。

这时候，李小毛的同桌张晶晶说：“李小毛，我早就想对你说了，我爸爸是专门搞收藏的，专门收藏各种证件。可我还没见过他收藏异乡人的暂住证。如果，你把你的暂住证转让给我，我拿给我爸爸收藏，我爸爸一定很高兴！”

李小毛瞅了瞅张晶晶，还是咬着嘴唇，不答话。

班会的气氛变得很尴尬了。班长想打破这种尴尬。班长说：“我们可以讨论一个延伸性的话题，该不该取消暂住证？”

班会的气氛再次活跃起来了。同学们七嘴八舌，发表了看法，意见是一致的：不能取消暂住证，取消了暂住证，城市就被异乡人搞乱了。

李小毛哭了，两行泪水悄悄地流了下来。

班会结束了。

李小毛回到了蜗居的安乐窝。安乐窝，就是异乡人搭建在城市一隅的窝棚。

李小毛看见，安乐窝的周边，停了一部小车和一部警车。李小毛吓了一跳。也许，又有人要被警察捉走了。

可是，李小毛想错了。警车这次来，不是来捉人的，是来护卫市长的。市长今天高兴，突然到安乐窝视察来了。

市长穿着白衬衣，腆着肚子，叉着腰，正在讲话。住在安乐窝里的异乡人，听了市长的讲话，全都对着记者的镜头哗哗哗鼓掌。

“市长，能取消暂住证吗？”突然，李小毛挤到了市长的面前，鼓足勇气，大声问道。

“哈，小朋友，你说呢？假如你当市长，你会取消暂住证吗？”

“会的，我一定会的！”李小毛说。

“可是，暂住证有许多好处啊，目前，还不能取消！取消了，你们这些异乡人，就要重新回到乡下去了！”

"不能取消暂住证，你这个市长白当了！"

市长一愣，这是谁家的孩子，怎么这么说话？

李小毛凝视着市长，又说："你这样的市长，我也能当！"

李小毛刚说完，脸上就挨了一巴掌。

李小毛的爸爸赔下笑脸，对市长说："市长，您别生气，这孩子，不懂事，胡说八道呢！"

市长的脸色却红了。有句话，市长没敢说。小时候，他也是个异乡人的孩子。

反恐演习

某某学校要搞一次反恐演习。恐怖分子劫飞机、劫汽车，但还没劫过火车。大概是因为火车跑在轨道上，即便劫了火车头，也跑不到哪里去。所以，恐怖分子要在铁路上寻找薄弱环节。某某学校靠近铁路局，所以，某某小学极有可能遭受恐怖分子的袭击。

反恐演习的方案设计出来了。框架是，一名恐怖分子，将刀子架在一名学生的脖子上；后来，在反恐演习领导小组的指挥下，老师们一拥而上，将恐怖分子拿下。可是，让谁来出任这个被劫持的学生呢？这是一件很伤脑筋的事情。城里的孩子都是宝贝蛋，吓晕了怎么办？刀子划伤了怎么办？学生家长都不是省油的灯啊。

高人总是有的。就在大家费尽思量的时候，高人出现了。高人说：各班级查一查，有没有异乡人的孩子？有的话，就让恐怖分子袭击异乡人的孩子。异乡人的孩子，好说话。大人、孩子，都好说话。

妙，妙哉。这真是一个好主意。

于是，各班级开始排查异乡人的孩子。很快就排查出了几个异乡人的孩子。经校反恐演习领导小组确认，二（一）班的王小芒是最合适的人选。

王小芒被找来谈话了。

王小芒，咱们学校好吗？

好。

可是，恐怖分子要袭击咱们的学校！你说，该怎么办呢？

举行反恐演习。

太好了，王小芒同学，你说得太好了！你害怕吗？

不害怕，真的要演习吗？

是的。校反恐演习领导小组决定让你参加这次反恐演习。这是一个光荣而又艰巨的任务，你能完成吗？

能。让我扮演警察吧！

呵呵呵。你很勇敢，王小芒同学！你扮演警察不行，不够条件。因为，你还小。你只能扮演被歹徒劫持的对象。实话对你说，演习中，有一名劫匪用刀子对准了你的脖子。别害怕，别紧张。既然是演习，就要像真的一样。别的同学都不知道是演习，只有你知道。他们如果知道了，演习就没有效果了。你明白吗？

明白。可是……

可是什么呢？这学期的三好学生，让你当了。还有，过春节，学校帮你们全家订火车票。你知道，学校靠近铁路局，我们有熟人，可以搞到火车票。你放心，我们会保证你的安全的。你说，好不好？

……好。

老师满意地拍了拍王小芒的肩膀。王小芒感到了老师的亲切慈祥。

接下来的事情，就是找人来扮装劫匪了。因为是反恐演习，也不想惊动警方。学校打算在社会上找人，或干脆去找个民工。找民工，既省钱，又方便，也好哄。

一切都顺利进行。很快就在街上找了一名民工。民工特意到学校转了转，看了王小芒的照片，看了地形和路线。也叫踩点。

反恐演习这天，天色格外阴沉。

二（一）班的教室里，突然出现了一个蒙面人。蒙面人一进来，伸手就捉住了王小芒，并将一把尖刀横在了王小芒的脖子上。

王小芒嚎叫起来，如同被捉杀的猪崽。

学生们也哭叫起来，他们从来没经历过这样的恐怖场面，蒙面人太可怕了！

蒙面人大喊大叫，要校长出面拿钱。蒙面人一边喊叫，一边用刀子在王小芒的脖子上比划。王小芒一声接一声地哭喊，可校长就是不出来，只有一个老师和蒙面人周旋。

王小芒挣扎着，死命地挣扎着。挣扎中，蒙面人的刀子，划破了王小芒的脖子。一行鲜血流到了学校的地面上。

终于，校长出来了。校长指挥着一群手拿棍棒的老师，围了过来。在校长的指挥下，老师们蜂拥而上，三下五除二，把蒙面人拿下了。

一个老师扯下了蒙面人的脸罩。

“爸爸！”王小芒认出了蒙面人。王小芒绝没想到，蒙面人是自己的爸爸。

老师们把王小芒的爸爸捆了起来。王小芒扑了上去，搂着爸爸的大腿，哭了起来。

警车呼啸而至。警察把王小芒的爸爸带走了。也不知是谁，拨打了110。

破纪录

李瓜破了校运会的纪录。

异乡人的孩子李瓜，破了校运会跳高的纪录。跳高项目的纪录，已经近二十年没人打破了。今天，异乡人的孩子李瓜，轻轻一跳，破了纪录！

老师将李瓜揽在怀里，像搂着一个宝物。同学们也欢呼雀跃：“李瓜，李瓜，李瓜！”有的同学把自己的糖果送给李瓜吃，把自己的饮料送给李瓜喝。

李瓜成了英雄，成了破纪录的英雄。

校长亲自给李瓜颁奖，还拉着李瓜的手，照了相。

老师说：李瓜，要是早知道你能破纪录，就该让你多报几个项目。短跑、长跑、跳远、铁饼、铅球……都给你报上。你能多破几项纪录，那将是咱们班的多大光荣啊！

校长比老师高瞻远瞩。校长说：李瓜同学破纪录，其意义是改写了校史！如果，李瓜同学能在市级以上运动会破纪录，那意义更加非同一般！

校长这么说，是有意旨的。校长披露了一组数据：上年度本校一千一百六十一名初中毕业生的健康状况是，一般健康的学生，刚入学时占百分之五十点三八，毕业时只占百分之二十四点五九，下降百分之二十五点七九；近视、远视的学生刚入学时占百分之四十六点六九，毕业时增至百分之七十四点二零，上升百分之二十七点五一……校长从素质教育的角度契入，阐述了李瓜同学破纪录的深远意义。校长说：为什么城市孩子的身体素质下降？为什么近二十年没人破纪录？为什么只有异乡人的孩子能破纪录？校长连着问了三个为什么，问得老师连连点头，如鸡啄米。

校长迈着沉重的步履走了。老师对李瓜说：李瓜，我希望你能成为一个永远破纪录的人！你看，校运会有那么多纪录，多年未破，就等着你去打破呢。还有，市运会、省运会，有多少纪录，都等着你去打破！一个破纪录的人，是一个最光荣的人！你有决心吗？如果，你有决心，我可以建议学校，将每学年一次的校运会，改为每学期一次，专门给你提供破纪录的舞台！只要你愿意，市运会、省运会、全运会，我都可以推荐你去比赛，让你到外面去破纪录！

李瓜说：老师，总出去比赛，我的学习怎么办呢？

老师说：这你就不用多虑了。其实，写那么多课外作业，有什么意义呢？考大学，也不是每个人都能考上的。如果，你成了破纪录的能手，考大学的体育专业，还能加分呢！又保险，又风光，何乐而不为呢？

李瓜问：老师，能保送我上大学吗？

老师说：只要你破纪录，多破纪录。到时候，学校会为你说话。保送生，是很光荣的！

李瓜的心眼被老师说活了。李瓜有了新的目标。李瓜每天都在想：下届校运会，怎样破纪录？

李瓜已经没心思听课，没心思写作业了。老师也不管他，考试的时候，及格不及格，都给他及格。有人帮李瓜写作业，老师也是睁一只眼，闭一只眼。老师想：让他学习有什么用呢？让他来学校，就是让他破纪录的！

果然，李瓜不辜负老师的期望，在新一届校运会上，再次破了纪录。跳高、跳远、长跑、短跑、铁饼等五个项目，他全都破了纪录！

校长高兴地对老师说：你的建议很好，一学年一次校运会，改为一学期一次，人才出得快，纪录破得快！

李瓜拿着破纪录的奖状，回家给爹看。

爹虎下脸，甩给李瓜一张旧报纸。旧报纸上说，有一南一北两个全国体育冠军，如今都没有正经工作，一个给人擦皮鞋，一个给人搓澡。

李瓜懂了，学生要以读书为本。

李瓜不再想破纪录了。

李瓜对破纪录不感兴趣了。

李瓜来到了校长室。李瓜很想对校长说，自己想好好读书。可他说不出口，他知道，校长只喜欢听他说破纪录。

校长摸着李瓜的脑瓜说：李瓜，你有什么愿望？学校都可以满足！

李瓜的脸色红了。李瓜终于鼓足勇气说：校长，我不想破纪录了。

校长惊异地看着李瓜：你说什么？你说你不想破纪录了？这怎么行？你是个破纪录的好料子！我希望你做个永远破纪录的人！

李瓜决定说谎了。于是，李瓜对校长说：我上不起学了，没钱交学费。我爸爸要带我回乡下去。回乡下读书，要不了多少学费。

李瓜这么说，只是想转学，想转到一个新的学校，一个不需要破纪录的学校，安安心心学习。

校长抚掌大笑：回去告诉你爸爸，学杂费全免了！

李瓜不知道说什么好了。真的，他不知道说什么好了。

后来，发生的事，更让他感到意外，有好几所中学都来挖他，要他转学过去，把他当特殊人才引进。有的学校不但承诺减免他的学杂费，还要他当学生会副主席。还有的学校许愿说，只要他转学过去，可以让他爸爸到学校当勤杂工，每月像公务员一样，开工资、拿奖金。

李瓜告诉了爸爸。

李瓜的爸爸拍了拍李瓜的脑瓜，啥话都没说，回了趟乡下。爸爸回来的时候，带来了几个乡下孩子。这些孩子，和李瓜一样，都是跳得高、跑得快，都擅长破纪录。这些孩子到哪个学校，哪个学校都欢迎，学杂费全给免了。

兴奋剂

有人不相信异乡人的孩子能破纪录。异乡人的孩子，吃的啥，喝的啥，凭啥能破纪录？异乡人的孩子李瓜，破了五项校运会的纪录，是不是喝了兴奋剂？值得怀疑，很值得怀疑。异乡人的孩子，普遍营养不良，怎么说破纪录就破纪录了？

调查组来到了学校。

李瓜被喊过来谈话了。

如果，通过谈话，李瓜承认喝了兴奋剂，那就不用做任何检测了。如果不承认，就给他上机器，一定要让他说出真话。

姓名？

李瓜。

听说你破了校运会的纪录？

是的，跳高、跳远、长跑、短跑、铁饼，我都破了纪录。

你破这么多纪录，怎么可能呢？

是老师让我破纪录的，校长也给我奖励。

噢，是这样！老师和校长给你吃什么东西了吗？让你喝什么饮料了吗？

没有。

看来，你不说实话啊。你如实回答，你吃兴奋剂了没有？

我没说瞎话，我不知道什么是兴奋剂。

那就只好给你使用测谎仪了。来，坐到这边的椅子上，把手伸出来。别紧张，这个夹子是安全电压，电不死人的。

我害怕！

怕什么怕？只要你说实话，测谎仪不会冤枉你。你不说实话呢，测谎仪也不会客气！

我真的好害怕！

……

姓名？

……

听说你破了校运会的纪录？

……

你破这么多纪录，怎么可能呢？

……

李瓜盯着测谎仪，沉默不语。他害怕测谎仪，他不知道该怎么回答，他索性拒绝回答。

呵呵，你真是个有主意的孩子，居然装聋作哑！你不要以为你不说话，测谎仪就没办法！你瞧，你的心理活动，测谎仪都记录下来了！

调查组的人说着，从测谎仪上扯出来一张白纸。白纸上有一条弯弯起伏的曲线。

李瓜还是不说话，还是沉默不语。

哎，你这孩子，还挺倔的呢！调查组的一个人说。

是的，这个异乡人的孩子，真有个性！调查组的另一个人说。

一般的说，异乡人的孩子，三硬三笨。硬手硬脚硬关节，笨头笨嘴笨动作。我就不相信这孩子，能破五项纪录！调查组的组长说。

调查组的三个人交头接耳，作出了判断：异乡人的孩子李瓜，使用测谎仪无效。那么，只好给他上尿检了。

李瓜，你站起来吧。

我可以走了吗？

你不能走。因为，你不配合测谎仪。所以，只能对你进行尿检了。

什么是尿检？

就是化验你的尿。你拿上这个纸杯，尿一泡尿，让我们化验。

化验尿干什么？

废话。看你的尿里有没有兴奋剂！

我不尿。我现在没有尿。

没有尿，你就喝水，多喝几瓶子水。喝吧，你怎么不喝呢？你不喝水，就是心里有鬼。

我不想喝水，更不想尿尿。

你不喝？你不尿？你还想不想回家？我们这次来，就是取你的尿样的。就是看你的尿里有没有红细胞生成素，有没有丙酸睾酮，有没有苯丙酸诺龙……如果有的话，尿检结果就会呈阳性。

我不懂你说的什么。

听不懂没关系。我告诉你，你不让我们化验你的尿，就无法证明你的清白。

那好吧。我喝水，我给你们尿尿。

异乡人的孩子李瓜，无奈地抓起了矿泉水瓶子，连喝了三瓶。然后，他背过身去，解开裤子，用纸杯接尿。可是，他闭上眼睛，拼命地努力着，却怎么也尿不出来。

我尿不出来！

意守丹田！放松，放松！

我还是尿不出来！

默默地数羊，对，数一大群羊！

我还是尿不出来！

真笨，你就不会想想别的什么，比如，用机关枪扫射鬼子！

李瓜摇着头，痛苦地摇着头。忽然，他鼻子一酸，两颗泪珠滚了出来。

你这孩子，榆木脑袋！心理素质这么差，怎么破纪录的?!

李瓜委屈死了。就在这时，他感觉到了裤裆发热，裤腿发湿。

我尿裤子了！李瓜哭了，大声哭道。

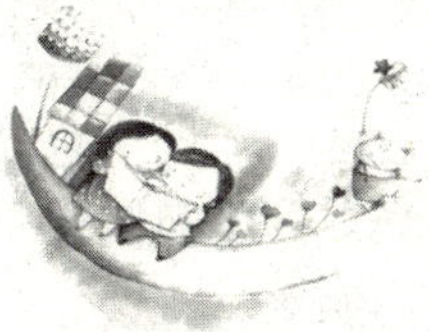

劳动委员

你当劳动委员吧。老师说。

你很适合当劳动委员。你四肢强壮，身体健康，从小在农村里成长。哪像城市的孩子，温室里的花朵，经不起风雨，见不得阳光。老师对异乡人的孩子王小树说。

不是才选了劳动委员吗？王小树小声地说。

哎，怎么和你说呢！老师叹了口气。老师确实没法和王小树说。班里是选了劳动委员，选的是刘金声。可刘金声的爸爸很不高兴。刘金声的爸爸开着小车来找老师了，说让儿子当劳动委员，是对儿子的歧视和偏见。刘金声的爸爸要求老师让刘金声当班长、副班长，或学习委员。就是当一门课代表，也不能当劳动委员！

老师没法子，找了其他几个同学，可那几个同学也都不想当劳动委员。或者，家长不让自己的孩子当劳动委员！老师前思后想，只好找王小树了。老师有理由找王小树。因为王小树是异乡人的孩子。王小树从小长在农村，肯定爱劳动，肯定会劳动，肯定不怕劳动。

老师摸了摸王小树的脑袋。你就当劳动委员吧，谁都没有你擅长劳动，你当劳动委员最合适了，就这么定了。这是老师对你的信任，别辜负了老师的信任啊。

王小树有些激动。被老师摸过脑袋的王小树真的有些激动。王小树在电视上看到过，老和尚为小和尚洗礼的时候，就是用厚手抚摸小和尚光秃秃的脑袋。

王小树就这样当上了劳动委员。

不就是多干活儿嘛。王小树明白，劳动委员就得多劳动。扫地、洒水、抹桌子、擦黑板、擦玻璃……王小树干得有模有样。王小树想，劳动委员也是委员啊，也是班干部啊。想起来自己是个班干部，王小树的脸上就洒满了阳光。

王小树，玉米是什么树长的啊？

王小树，花生是什么树长的啊？

王小树，白菜是什么树长的啊？

王小树，萝卜是什么树长的啊？

王小树，麦子是什么树长的啊？

同学们总是没完没了地提这样的问题。同学们知道，王小树能回答这样的问题。王小树是异乡人的孩子，王小树在农村长大，王小树没有不能解答的关于劳动的任何问题。

王小树总是灿烂地笑着，回答着同学们提出来的各种问题。他不但说明了玉米、花生、白菜、萝卜、麦子是怎么长出来的，还说明了牛、马、驴、骡子等牲畜是怎样出生、怎样成长的。王小树讲这些的时候，只有刘金声不笑，其他同学都在笑，拍手笑、捧腹笑。

当劳动委员的感觉挺好。

王小树没想到，放学后，刘金声带着几个坏小子拦住了他。王小树挨了一顿打。

王小树没有还手。王小树想起来了爸爸说过的话。咱是异乡人的孩子，受再大的欺负，也不能还手！记得，有一次，爸爸受了人家欺负，爸爸做到了打不还手，骂不还口。后来，老板给爸爸发了一个红包，说是“委屈奖”。爸爸给王小树讲这件事的时候，眼眶里泪光闪闪。

老师不知道王小树挨打，老师总是表扬劳动委员王小树。

刘金声总是拦截王小树，要王小树替他写作业。刘金声说了许多威胁的话，说了许多不要脸的话。刘金声说：代写作业，也是一种劳动。你是劳动委员，就该让你多劳动。当然，我不会给你劳务费，你想都不要想！就算你义务劳动了，义务劳动是很高尚的劳动，是很光荣的劳动！

王小树气毁了，真是气毁了。但王小树还是不想把这件事情搞大。所以，王小树一直没告诉老师。王小树的眼眶里，总是有泪花打转转。

终于，有一天，老师察觉了什么。老师把王小树叫到了办公室。在老师的一再追问下，王小树哞哞地哭了。王小树委屈死了。

老师说：你哭，哭，哭！就会哭！你为什么不还手？谁再欺负你，你马上还他一个耳光！

王小树愣了。王小树停止了哭泣。

王小树眼睁睁地望着老师。

老师说：尊严，你知道尊严吗？

王小树“哇”一声，大哭起来。这次，王小树哭得十分嘹亮。

后来，当刘金声又拦截王小树的时候，王小树想都没想，一挥拳，砸了过去……

刘金声“哇哇”地驴叫着，痛得满地打滚。

刘金声的爸爸又开着小车来学校了。这回，他找的是校长。

校长责令老师，撤掉王小树的劳动委员，王小树不能当班干部。

刘金声当上了常务副班长，主管劳动。每个周末，他都要发号施令，指挥同学们劳动。

但他从来不指挥王小树。他不敢正视王小树的眼睛。

老师对王小树说：记住，你是“不是劳动委员的劳动委员。”

王小树说：老师，我知道，劳动是异乡人的本色。

王小树变得默默无语。他总是抢着做最脏最累的劳动。

弱智证明

二夯让妈妈去找医生，开张弱智证明。上学太累了，每天拖着拉杆书箱，很晚放学，还有写不完的家庭作业。如果写错了作业，老师罚抄一百遍，一夜都不能合眼。真的，来城里上学，乡下娃子二夯，累得光剩下小排骨了。

“有弱智证明，就不累了吗?”妈妈问。

“是哩，有张弱智证明，就能得到老师的照顾，就不用写那么多作业了。”二夯说。

“真是鬼灵精怪。”妈妈嘴里咕哝着。妈妈摸了摸二夯滚圆的小脑瓜，答应去找医生，开张弱智证明。

第二天，妈妈领着二夯，去了医院。

医生看看二夯，一颗大脑袋，一身小排骨，叹了口气。医生说：“这孩子，一看就不精，乡下来的吧?”妈妈摇摇头，又点点头，恳求医生说：“我家孩子，受不了那么多作业，有张证明就好了，老师就能照顾了。”

医生说：“不容易，异乡人的孩子，真不容易。”医生说着，扯了张证明，“拿到收费处盖章吧。”

妈妈接过证明，谢了医生，交了款，盖了章。

二夯把弱智证明带给了老师。老师看了一眼说：“又一个弱智证明。”老师说完，就不管二夯了，上课不提问他，也不要求他按时完成作业了。

有了弱智证明，就成了可有可无的学生。

二夯感到自己成了一只鸽子，想飞多高，就飞多高。每天放学后，他很轻松地玩乐着，快乐极了。有了弱智证明，就是比其他同学爽啊。

有一天，老师对二夯说：“下午开家长会，叫你家长过来。”

妈妈随着二夯来到了学校。

老师把十几个家长召集到了一起。老师说：“你们都是弱智学生的家长，都给孩子开了弱智证明。今天，专门给你们开个会，讨论一下，该不该放弃对这些孩子的教育？当然，不是学校放弃，而是家长放弃。不客气地说，有的家长是弄虚作假的，很随便就把证明开来了。这样做，对自己的孩子好不好呢？你们想一想。显然，这是过分地溺爱孩子嘛，这样的孩子是没有什么前途的。‘弱智’了，就可以得到照顾了，到头来，吃亏的是你们自己的孩子！因此，我劝你们，不要把自己的孩子，当作弱智儿童对待！”

老师的话，引起了家长们的沉思。

有几位家长当即从老师手里要过来弱智证明，随手撕掉了。他们对老师说，一定要督促自己的孩子，适应学习的压力，甩掉弱智的帽子，成为有用的智者。

老师问二夯的妈妈：“你家孩子，怎么办？”

二夯的妈妈说：“我们乡下来的孩子，不比城里的孩子。我家二夯很笨，还要老师多多照顾。”

老师叹了口气说：“好吧。不过，考试，还是要考的。”

二夯望望妈妈，又望望老师，心里说，考试就考试，有什么了不起的?!

二夯就成了班里唯一的弱智学生。从此，老师就彻底不管他了，他想来就来，想走就走，和住旅店一样随便。

二夯彻底解放了，更像一只鸽子了，想怎么飞，就怎么飞；想飞到哪里，就飞到哪里。每天，二夯都是唱着歌来学校，又唱着歌离开学校，学校成了他的快乐驿站。

当然，回到家里，他总是给自己找作业写。写作业，是必须的，他懂。他知道什么必须写，什么不必写。已经掌握的功课，他基本不写。

就这样，玩到了期末考试。期末考试，二夯一点都不紧张，每门考试，他竟然都是第一个交卷。

几天后，老师把成绩判出来了。意外的是，二夯名列前茅。

弱智学生二夯，名列前茅，学校一下子轰动了，连家长也轰动了。原先那些撕毁弱智证明的家长，都后悔得不得了。他们去了医院，重新开来了弱智证明。还有另外一些家长，也把孩子的弱智证明开来了。

学校组织老师讨论这个奇怪的现象，老师们勾着头，谁都不发言。是啊，有什么好说的？都明白的事嘛，老师们没什么好说的。

有个老师打破沉默说：“这些孩子，今后只能当傻瓜了。”

卖　鸡

班长让李瓜帮忙去卖鸡。班长的爸爸从乡下买了只会下蛋的土鸡，打算给班长下蛋吃。乡下的土鸡，下蛋新鲜，吃着香，还有营养。可是，土鸡买回来，蛋下得太小了，小得像鸽子蛋。班长的爸爸说吃亏了，就让班长去把土鸡卖掉。

班长对李瓜说："我的身份，怎么可能去卖鸡？你去帮我卖。你是异乡人的孩子，张口一说话，就是柴禾味，人家相信你。"

李瓜说："城管来了怎么办？我害怕城管。"

班长说："放心，我给你放哨。我一吹口哨，你掂上鸡就跑。"

李瓜说："我跑不过城管，抓住要罚款的，我没有钱。"

班长说："没关系，我当后盾，你怕啥？"

李瓜知道不能得罪班长。李瓜就说："好吧，我去卖鸡。"

星期天，李瓜随了班长，去了自由市场。班长说是放哨，躲到一边去了。李瓜选了个位置蹲下，守着土鸡，等待买主。

买主来了，问李瓜，土鸡卖多少钱？

李瓜操着异乡话说："十五块。正下蛋呢，不信你摸摸。"

买主看看李瓜，真的伸出两个手指，塞进了鸡屁股。很快，买主就把手指抽出来了。买主说："是有蛋。不过，十五块钱太贵了。十块钱，我拎走。"

李瓜说："十块钱不卖。"班长早就给李瓜交代过了，要卖十五块钱。班长说，土鸡是爸爸花十块钱从乡下买的，咱们应该赚上五块，这样，就可以买两支冰淇淋吃了。

买主摇摇头走了。

又来了一个买主。这个买主也摸了摸鸡屁股，也说是给十块钱。李瓜说，少了十五块钱不卖。讲不下来价，这位买主也摇着头走了。

先后来了几位买主，都摸了鸡屁股，都不给十五块钱。李瓜坚持着不能低于十五块钱。生意就没做成。有个买主说，异乡人的孩子，贪心大，没见过钱。

李瓜听了这话，耳朵像扎了钢针。

突然，李瓜听见班长吹口哨了。李瓜紧张得头上冒汗，抓起土鸡就跑。市场乱成了烂菜粥，城管来了。

跑出了城管的视野，李瓜气喘吁吁地停住了。许久，班长才晃到李瓜的身边。李瓜说："班长，十五块钱，卖不动啊。人家只出到十块。"

班长说："十块就十块呗，该出手时就出手嘛。异乡人的孩子，真笨。"

李瓜红着脸说："鸡没卖出去，你抱回家吧。"

班长说："开什么玩笑？让我抱回家？我已经对家长保证过了，今天，要把鸡卖掉。"

李瓜说："那怎么办呢？没卖掉嘛。要是卖十块，早就卖掉了。"

班长说："这不是废话吗？我看这样吧，这只鸡就卖给你了，由你负责包销。我先给我爸爸十块钱，就说卖掉了。"

李瓜说："卖给我？我没有十块钱给你！"

班长笑道："你急什么？我不是现在要你的钱，我是说，你欠了我十块钱。就这样了，回头，你给我十块钱。"班长说完，扮了个鬼脸，跑掉了。

李瓜只好把鸡抱回家去了。家在安乐窝。异乡人都住在安乐窝。安乐窝里的异乡人，在乡下都养过土鸡。

李瓜愁死了，不知道怎么办才好。

李瓜累了，脱了鞋子，睡了一觉。

李瓜醒来的时候，发现土鸡趴在他的鞋面上。李瓜把土鸡撵了起来，发现鞋窝里有一颗鸡蛋。李瓜的眼前一亮：呵呵，鸡蛋，土鸡下蛋了！

土鸡怎么下蛋了？怎么下了这么好的一颗鸡蛋？又圆又大！

第二天早晨，李瓜把鸡蛋带到学校，让班长看蛋。

班长惊喜地说："这不是天方夜谭吧？怎么它在我家下小蛋，在你家下大蛋？"

李瓜说："可能是它在你家太紧张吧，它以为你爸爸随时会杀它，给你吃肉。在我家就不一样了。我家穷，土鸡不担惊受怕，既放心，又开心。"

班长说："你把土鸡送回来吧，我不卖给你了，你也不欠我钱了。我要好好地养鸡，给它听音乐，喝牛奶，让它消除紧张心理，安安稳稳地在我家下蛋。这样，我每天就能吃上新鲜的鸡蛋了。"

土鸡就送回了班长家。也不知班长是怎样说服他爸爸的。

后来有一天，班长告诉李瓜，土鸡回去后，他在爸爸的帮助下，给土鸡洗了澡，剪了趾甲，修了羽毛。然后，每天都给土鸡听音乐，喝牛奶，吃氨基酸面包，吃其它碳水化合物。可是，这只该死的土鸡，还是下小蛋，下的全都是小鸽子蛋！

“后来呢？”李瓜急切地问，他很担心土鸡的命运。

“后来嘛，我和我爸爸去了研究所。我爸爸说，让专家研究研究。专家听了我们说的情况，感到很有研究价值，就把土鸡买下来了，给了五十块钱。”

老师发来了短信息

老师有个手机。老师天天用手机给家长发短信息。老师说，为了让同学们好好学习，老师要给家长发短信息。

毛毛无所谓。因为，毛毛的爸爸茂根没有手机，没有钱买手机。

老师让毛毛把茂根喊到学校。老师当面向茂根发出了告诫：家长必须配备手机，不然的话，信息不对称，会耽误孩子的学习。

毛毛看见爸爸的脸色红了又白了，白了又红了。

砸锅卖铁，也不能耽误了毛毛。茂根明白这个道理。茂根咬着牙，去了电信公司。在电信公司门前，买了一个旧手机。茂根对毛毛说：你要好好学习，不然的话，对不起手机。

毛毛点点头。

茂根说：一般情况下，咱不接打手机，双向收费，买得起“鸡”，养不起“鸡”。咱只接收老师发来的短信息。你把手机号报给老师，告诉老师，咱也有手机了。别让老师瞧不起咱，别让同学笑话咱！

毛毛又点了点头，鼻子有些发酸。

老师很高兴地记下了茂根的手机号码，又让毛毛交了十元钱信息费。

当天下午，茂根的手机就接到了老师发来的短信息：茂根同志您好！您家毛毛今天完成了课堂作业。望今后注意个人卫生，请您给他修剪指甲。

晚上，茂根拿出一把剪刀，给毛毛剪了指甲，还带毛毛去洗了澡。

毛毛知道，老师发来了短信息。

这样的短信息，真好。毛毛想。如果，老师天天发来这样的短信息，那就好了，自己就像个干净的城市孩子了。毛毛希望，老师能多发短信息，让家长给孩子提高营养。爸爸收到这样的短信息，就会买来火腿、香肠、面包、牛奶。

可是，老师似乎不在意学生的营养，只在意学生的素养。老师总是讲要如何提高学生的素养。这让毛毛很失望。

毛毛不懂老师。老师白白胖胖的，营养已经过剩，老师所操心的，是如何在下一轮竞聘中，立于不败之地。因此，老师要出业绩，出让人瞪眼睛的业绩。老师琢磨出了“信息沟通互动法”，让每个学生家长配备手机。

老师把自己探索的“信息沟通互动法”报告了校长。老师特意说明，最后一名异乡人的孩子，也拿下来了，全班学生的家长，人人都配备了手机！校长听了，十分高兴。校长说，一方面要向教育局汇报，一方面要在全校推广。

毛毛不知道这些。知道了也没用。知道了也不懂。

每天，茂根都会接到老师发来的短信息。

茂根说：老师真不容易，老师真累，一天得发多少短信息！

毛毛说：很多同学都害怕老师发信息，怕家长打！

茂根说：小孩子嘛，不打，怎么成才?!

茂根说到这里，甩手掴了毛毛一巴掌。

毛毛说：爸，你怎么掴我？

茂根说：掴你？我是掴手机呢！一个旧手机，花了我几百块钱！就为了接受老师发来的短信息！

毛毛说：那，你想掴，你就掴吧。

毛毛这么说着，心里冒出了一个奇怪的想法。如果自己是个不犯错误的学生，老师给家长发短信息，就没有意义。爸爸买的手机，也失去了意义。有了这个想法，毛毛就决定开一个玩笑了。于是，毛毛的作业，就写得很潦草了，像一堆烂草。

果然，第二天，老师就给茂根发了个短信息。老师指出：毛毛错了三道数学题，两道语文题。

当晚，茂根掴了毛毛五巴掌。

毛毛一点都不觉得委屈，反而在心里窃笑。

以后，毛毛每天都要挨巴掌。有时三巴掌，有时两巴掌，有时一巴掌。

老师很奇怪，异乡人的孩子毛毛，成绩怎么下来了？于是，老师用手机和茂根做了热线沟通。

结果是，毛毛挨了一顿狠打。

毛毛想，该结束这个玩笑了。

毛毛把爸爸的手机藏到书包里了，带到学校里了。如果老师发短信息，他及时就给删掉。

可毛毛没想到，教育局局长来调研了。校长领着局长，来到了毛毛的班上。当老师为局长演示“信息沟通互动法”时，毛毛书包里的手机响了。是老师给茂根发送了短信息。

局长、校长、老师、同学们，都听见了毛毛书包里的手机响了，都露出了惊异之色。

毛毛的书包里，藏着手机？

异乡人的孩子，怎么会有手机？

哪里来的手机？偷来的吧?!

……

毛毛浑身是嘴也说不清。他只好说是拿了爸爸的手机。

当晚，茂根扯着毛毛，在老师面前跪下了。

弱 视

医生说异乡人的孩子弱视，左眼弱视，右眼不弱视。医生让孩子捂上右眼，用左眼看墙上的字母。孩子说墙上有一片苍蝇屎。

这可怎么办呢？汤三急得要哭出腔了。

老乡，别急，有办法的，小孩子弱视，可以治的。医生让孩子躺到皮椅上，拿出来一堆器械。汤三一看就慌了，医生要动手术吗？

医生要汤三去交费。汤三拿上医生开的单子，下楼去收费处了。汤三知道要先划价。如果划价太高，肯定是要做手术了。那就先不交钱，那就领着孩子走人。眼睛可不是闹着玩的，不敢胡动刀子的。

好在划价的费用不高，才二十块钱。汤三放心了，交了二十块钱。汤三回到眼科的时候，孩子已经从皮椅上下来了。孩子的一只眼睛，包上了白纱布。医生接过单子说：好了，可以走了。

汤三认真地查看了孩子。一查看，就查看出问题来了。明明是左眼弱视，怎么医生给包上右眼了呢？是不是包错了呢?！汤三想起来看到过的一幅漫画，有个二百五医生，搞不清病人的左右腿，把人家的一条好腿给锯掉了。

想到这里，汤三叫了起来。

医生笑道：老乡，你哪儿不舒服吗？

汤三说出了自己的怀疑和恐惧。汤三说：医生，孩子是左眼有毛病，你怎么不包左眼呢？你包的是好眼睛右眼！

医生笑道：老乡，这你就不懂了。我给你讲讲道理。正因为左眼弱视，就要让孩子多使用左眼。右眼是好眼，可以暂时不用，先把它包起来，等到左眼视力提高了，再把纱布打开。武器越用越光，脑子越用越灵，就是这个道理。我说的，你明白吗？

汤三将信将疑：这是真的吗？

医生说：老乡，我们这是大医院，我能骗你吗？

医生又说：我告诉你，我这是物理疗法，不是化学疗法。也可以说是绿色疗法，还给你省钱呢！

汤三说：孩子什么时候能取下来纱布呢？

医生说：这就不好说了，这就要看左眼的发育程度了。当然，你要有个思想准备。至少两年，多则十几年。没有一个时间过程，不可能达到理想的疗效。你知道茅台酒吧，为什么叫百年老窖？那就是说，要在地下封存上百年。封存的时间越长，味道越香醇，一样的道理，你明白我的意思吗？孩子右眼上的纱布，可不要随便取下来哦！

汤三还是有些不明白。现在的世界，搞不明白的事情太多了。

汤三领着孩子出了医院，回到了工地。

工地上的人看见孩子右眼包着纱布，都觉得奇怪。他们都知道，这孩子是左眼有毛病。

汤三对人们说了医生讲过的道理。人们摇晃着脑袋，摇晃出来一串问号。有人就说：医生不会是个二百五吧？

听了这话，汤三很不舒服。他把孩子扯回屋里，揭开孩子右眼上的纱布，看了看。也就是一块普通的白纱布，没有抹药。孩子的右眼还是又明又亮，看得见苍蝇飞舞。

汤三又给孩子包上了纱布。汤三想，观察一段时间再说吧。不行的话，就换一家医院。汤三摸了摸孩子的脑瓜，让孩子出门玩去了。

孩子玩到天黑才回来。孩子一回来，就给了汤三五十块钱。孩子说：有个叔叔给的，他说我可怜。

汤三的眼眶一热，知道孩子遇上好心人了。

转天，孩子出去玩，又拿回来几十块钱。

几乎每天，孩子都能带回来钱。少则几块，多则几十块。

汤三就有些怀疑了，怕孩子在外边学坏。孩子再出去玩的时候，汤三就远远地跟着。跟了不久，果然看见有人给孩子钱了。汤三不由得眼眶潮湿了。

日子一天天过去。孩子右眼上的白纱布，也经常换洗，不用上医院，自己就能换。

有一天，汤三想起来医生说过的话，左眼弱视，还需要发育。汤三想带孩子去医院检查一下，看看发育得怎么样。孩子却不听话。孩子说：我一只眼蒙块纱布，天天都有人给我钱。有时，比你挣的还多呢。

孩子又说：我还准备参加伤残人艺术团呢，有人来找过我了，说我唱歌唱得好。

汤三不由分辩，扯上孩子，去了医院。

还是先前那个医生。医生给孩子做了认真的检查，让孩子分别用左眼、右眼看墙上的字母。结果，孩子的两只眼睛，看见的都是一片苍蝇屎。

医生吃惊地说：怎么会这样呢？两只眼睛都弱视了？左眼视力没提高，右眼视力反倒下降了！

问谁呢？汤三黑着脸，扯走了孩子。

回来以后，孩子找了个墨镜戴上，到伤残人艺术团去了。

绑 架

人家又捎信来了，要钱，要五千块钱。

昨天，人家就捎信来了，要五千块钱。不给五千块钱，就不放人。

小军在人家手里，咋办哩？老婆哭了一整夜。

送信的人说，如果报案，就割掉孩子的耳朵。

鸿森恨得牙疼。五千块钱，城里人松松地拿了。可对一个来自异乡的拾荒者说，那就是塌了天。

来城里拾荒，扒垃圾箱，捡破烂，每天被城里人撵得乱窜。城里的垃圾箱，是他们无法割舍的宝山。他们从这里拿到了面包，拿到了欢笑，也拿到了泪水和伤感。

小军是不愿意来城里的。小军正在乡下念书。小军喜欢念书。可是，没钱交学费。鸿森对儿子说：小军，咱到城里吧，城里有座黄金屋。

这样，鸿森和老婆才带上小军，到城里来的。

可是，小军不拾荒，坚决不拾荒。

小军拿了人家什么贵重的东西，人家要五千块钱呢？

鸿森没有五千块钱，真的没有。

鸿森愁了一整夜。

送信的人说：你家孩子拿人家车里的东西，一共拿了三次，换钱花了。人家也不多要，只要五千块钱。如果，今天再拿不出钱来，孩子的耳朵就没了。

鸿森说：兄弟，你看，我只有一辆拾荒的破车子，晚上睡在水泥管子里。就是把我榨干，也没有五千块钱啊。

送信人说：你跟谁哭穷呢？报纸上说，你们这些进城拾荒者，都发了财，有人都当大老板了，资产上百万！

送信人又说：上个月，不知谁家的孩子，被人家逮走了，灌了迷魂药，然后，摘走了一个肾！

鸿森打了个冷颤，挥了挥手，叫送信人别说了。

送信人一走，老婆就扑了过来，逮住鸿森的衣领，哭得死去活来。鸿森扯开老婆的手说：你别闹了，沉住气！你听我的，咱不但不赔钱，咱还能赚钱呢！

老婆止住了哭声。

鸿森拉上架子车走了。老婆哭哭啼啼地跟着。不久，他们就消失在城市的楼群里了。他们去了派出所报案。

又是一个不眠的夜晚。

天一亮，送信人又来了。送信人不耐烦地说：真没见过你们这样的！亲生骨肉都不心疼，快拿钱来吧，不就五千块钱嘛！

鸿森说：必须让我见到孩子！

送信人说：你不会报警吧？

鸿森说：不就是孩子拿了人家的东西吗？不就是要赔人家五千块钱吗？

鸿森说着，拿出来一把大钞，给送信人看。

送信人笑了：好好，你跟我走吧，我让你看孩子。

送信人领着他们，来到了一座灰色的房子面前。送信人进了房子，很快就把小军领了出来。

一手交钱，一手交人。

就在小军被放出来的瞬间，警察出现了。警察制服了送信人，冲进了屋里。奇怪的是，屋里没搜出来其他什么人。据送信人交代，他就是绑架者。

法院审理了这个案件。

鸿森要求法院依法判处绑架者赔偿精神损失两万元。

经过法庭调查，法院作出了判决：绑架者赔偿小军的精神损失五千元，同时，鸿森作为小军的法律监护人，赔偿小军盗窃人家东西的损失三千元。

里外一算，鸿森得到了两千元。

故事没有完。鸿森总是想起来那个小孩子被人家摘走一个肾脏的案子。于是，他用车子拉着老婆、孩子，回到了乡下。两千块钱，除了给小军交学费，还买了些种子、化肥。

鸿森打算安安生生种地了。可是，乡下的许多烂事，不让他安生。

老婆也不让他安生。老婆说：要不，还去城里拾荒？就算再被绑架一次，咱还能打官司挣钱！

鸿森对埋头看书的小军说：到了城里，如果你再被绑架，就说你爹是个破烂王，就说咱家有房有车有很多钱，让绑架者开出高价绑架费。咱的官司赢了，就能赚很多很多的钱了。

小军说：人家绑架了我一回，你们却要绑架我一辈子！

鸿森说：你这是什么话？多弄些钱回来给你盖房子、娶媳妇，不好吗？

小军说：好什么好？人家绑架的不是我，是你们！

鸿森的老婆说：这孩子，真会胡说。遭一回绑架，变傻了！

脱掉你的校服

店员要穿店服，学生要穿校服。李娃终于有了自己的校服。李娃不再是土头土脑的地瓜蛋子了。穿上校服，李娃就混成光鲜鲜的城市孩子了。

李娃知道，爹带他进城打工，流泪、流汗、流血，就为了让他穿上校服，就为了让他在城里读书。

爹说：我这一辈子，想起来“农民”二字，心里就恼！恼劈了！

李娃说：爹，我好好学，考上大学，当国家干部。

爹说：校服你穿上了，心里就不能再长草了。

李娃说：爹，别再叫我李娃了，从今往后，我改名了，我叫李（理）想了。

爹笑了起来：李（理）想，李（理）想，李（理）想！中，中啊中，等过年回乡下，把户口簿改掉。

李娃穿上校服，走进了学校。

李娃对老师说自己改名了，改成李想了。李娃叫老师把花名册上的李娃改掉，改成李想。

老师皱着眉头说：学籍卡能改吗？不能改！你以为你穿上校服了，你就有理想了？你不就是李娃嘛！说实话，异乡人的孩子，能让你上学就不错了。有一身校服让你穿，你还想啥呢？

李娃不吭气了。

李娃还是李娃，还是异乡人的孩子李娃，还是农民的孩子李娃。

李娃紧紧地咬着嘴唇，咬出血来了。

第一次模拟考试，李娃的语文不及格。

老师让所有不及格的学生站出来，把校服脱掉，去扫厕所。老师说：不好好学习，就不配穿校服，长大了也就不配穿西服。将来，一个不配穿西服的人，就是个没出路的人，就是社会的垃圾！

不及格的学生，脸色都变红了，羞得抬不起头来。

第二次模拟考试，李娃的数学不及格。

老师让所有不及格的学生站出来，脱掉校服，去电教室看光碟。光碟演的是一个少年管教所。老师指着画面说：都看见了吧，你们的这些同龄人，穿的不是校服，是囚服！怎么样？有没有想穿囚服的？

不及格的学生，脸色都变白了，惊恐得喘不上气来。

第三次模拟考试，李娃的英语不及格。

老师让所有不及格的学生站出来，把校服脱掉。老师说，从你们当中选出一个人来，这个人上英语课的时候，不能穿校服，直到他下次考试及格！

老师发给每人一张白纸，让大家投票。

李娃得了满票。李娃投了自己一票。李娃的脑子一片空白，他也说不清，怎么自己投了自己一票。

课堂上，只有李娃一个人不穿校服。李娃像一只丑小鸭，混迹在一群小天鹅中。

老师说：李娃同学不要难过，谁让你自己不争气了？这也是没办法的事。这就叫末尾淘汰制。校长同意我班搞这样的试点，将来要在各班级推广。请大家记住，下次模拟考试，谁是最后一名，谁就不能穿校服，谁就替换李娃。当然，如果，李娃还是最后一名，李娃还是不能穿校服！

老师又亮开嗓门问：你们想不想成为倒数第一？想不想替换李娃？

同学们齐声回答：不——想！

只有李娃没回答。李娃哭了。李娃知道，自己可能永远都要当倒数第一了。

老师说：李娃，你哭什么？你不好好学习，你还有脸哭？

李娃一直在哭，不停地哭。直到放学了，大家都走了，李娃还在哭。

老师说：还哭呢，天都让你哭黑了！

李娃说：老师，我想穿校服！我不能不穿校服！

老师说：好啊，只要你今天脱光衣服回家，明天，就让你穿校服！

李娃问：为什么要脱光衣服？

老师说：你学习不好，脸都不要了，还想穿衣服！

李娃看看老师，老师没有开玩笑的意思。于是，李娃开始脱衣服，一件件脱衣服。李娃脱光了衣服，亮着屁股，让老师看。老师似乎视而不见。

李娃抱上书包，趁着夜色，跑回家了。

爹吃惊地问：李娃，你怎么光屁股回来了？你的衣服呢？你的校服呢？

李娃哇哇地哭了。

丢失的胸卡

小翠的胸卡丢了。没有了胸卡，便进不了学校的大门。虽然同学们能证明她，但是没用。门口的保安，只认得胸卡，认卡不认得人。

怎么办呢？小翠在学校门口徘徊。

“喂，说你呢，异乡人的孩子，胸卡丢了吧？”门口的保安在喊她。

小翠循声望去，看见了喊她的那个保安。她记得这个保安，她对这个保安又恨又怕。上次，也是这个保安，不让她进大门，非让她走后门。就因为她迟到了几分钟。爸爸给她的自行车太旧了，总是掉链子。掉链子就得安链子，弄了好几回，到了校门口就迟到了。保安说，学校有规定，迟到的学生不能走前门，必须走后门。小翠就推着车子跑啊跑，跑到了后门。她没有再骑车子，怕链子又掉下来。她跑到后门，喊了许久，才有人给她开门。还是那个保安，从校园里晃了过来。校园里有条小道，前门通着后门。保安戴着大盖帽，腰里别着明晃晃的钥匙链。保安打开后门时，脸上露出了一种狞笑。

一想到这些，小翠的心里就恨，就害怕。

可现在，她不得不对保安说实话。小翠用颤抖的声音说：“叔叔，我的胸卡找不到了。您放我进去吧，我是三（三）班的！”

保安瞪着眼睛说：“你说找不到就找不到了？都像你这样，都不戴胸卡进校园，学校还不乱套了？”

小翠央求道：“叔叔，您放我进去吧！”

保安缓了口气说：“算你有福气，有人捡了张胸卡，交给我了。你跟我来吧，看看是不是你的？”

小翠跟着保安，进了离校门不远的一间屋子里。

一进屋，小翠的嘴，就被保安捂上了。

……

一天天过去了，八个月过去了，小翠的肚子渐渐显形了，很大很圆。有时，好像还有什么在里面动。小翠问妈妈，这是怎么回事？

妈妈扒掉小翠的衣服，看了看，意识到了什么。妈妈审视着小翠说：“你交过男朋友吗?”

小翠摇了摇头。

妈妈又问：“有男人动过你的身子吗?”

小翠又摇了摇头。那件事，她不能说，真的不能说。那个该死的保安，前几个月，已经走了，不知去哪里了。

在去医院的路上，妈妈忧郁地说：“可能是肚子里长虫子了吧?”

医院的检查结果很明确，小翠妊娠在身，八个月了。

妈妈的目光很严厉，神情很沮丧。

小翠哭了。

肚子里的孩子，八个月了，只能生下来了。不然的话，小翠将有生命危险。

妈妈找到了校长。

校长皱着眉头说：“有这事?”又问：“为什么不早报告?”

妈妈说：“学校发的校服又大又肥，套在身上，看不出来。”

校长盯着妈妈说：“你不是讹诈我们吧？假如你说的情况不存在，我们将告你诬陷罪和敲诈罪!”

妈妈反问：“假如我说的情况属实呢?”

校长提高声音说：“不可能！我们学校是教书育人的地方，不是龌龊的地方！再说了，那个保安，早就辞职不干了！就是跑到天边，也抓不回来对质嘛!”

妈妈尖叫着说：“这事儿发生在学校，学校就得管!”

校长双手一摊说：“怎么管？我们只能进一步加强防范了，防微杜渐!”

妈妈扯着小翠回了家。

妈妈的心很乱。让小翠把孩子生下来？将孩子丢在马路边？谁爱捡谁捡？然后，让小翠休学？明年，再给她找个学校?

也只能这么办了。

小翠就待在家里了，准备把孩子生下来。

小翠很想念老师和同学们。可是，没人来看望她，好像她在这个世界上不存在。

小翠生孩子那天，爸爸和妈妈守在产房外。孩子一生下来，就被爸爸抱走了。怎么处置的，小翠不知道。后来，小翠问过爸爸。爸爸瞪着眼睛凶道：“想都不要想!”

小翠很想继续去学校上学，但她不知道，学校已经将她除名了。休息了半个月后，小翠悄悄来到学校，掏出了自己的胸卡。出事那天，胸卡并没丢，不知怎么跑到书包里了。

门口的保安不让她进门。保安理直气壮地说："你是这个学校的吗？告诉你，我们的胸卡，已经升级了，换成了第二代，有防伪标记！"

孕 检

小娟做了孕检。

女同学都做了孕检。老师领着全班女同学，上医院做了孕检。就是让医生检查一下，有没有女同学怀孕？有的话，赶紧采取措施。

孕检的时候，小娟无地自容。因为，医生的脸色很坏很坏。医生盯着小娟问这问那，仿佛小娟真的有了性过错，真的偷吃了什么禁果。

回到家，一看见娘，小娟就哭了。十三岁的异乡人女孩，实在忍受不了孕检带来的羞辱。

“哭什么呢？”娘问小娟。娘这几天心烦，正在为小娟的学费心烦。

“老师带我们去做孕检了……”小娟泣不成声。

“什么孕检？你做了什么丢人的事?!”娘一巴掌劈过来，小娟哭得更凶了。

爹黑着脸，听娘说了小娟孕检。

“小娟才十三岁呀，”娘哭道：“这不是作孽吗……”

爹闷着头，咬破了嘴，血往腔子里溢。爹咽了口血水，翁声翁气地问：“孕检结果呢？小娟没说？”

是的，小娟没说。因为，老师没告诉小娟。

娘扯着爹，去了学校，找到了小娟的老师。

“是这样的，组织女同学孕检，是学校统一定的，希望家长理解。”老师说。

“孕检的结果呢？”娘急咧咧地问。

“小娟的结果是阴性。”

“阴性是什么？”

“就是没怀孕，你家小娟没怀孕。”

娘和爹松了口气。但这口气松得很不痛快，很不舒坦。爹盯着老师，眼里要盯出血来：“学校不是胡闹吗？十三岁的女孩子，组织孕检！”

“为什么要组织孕检?!”娘也忍不住问。

“不要激动，请不要激动。”老师叹了口气：“实话告诉你们，外校已经发现初中的女孩子怀孕。为了杜绝丑恶的现象在我校发生，我校组织了适龄女生参加孕检。”

“适龄女生？适什么龄？”

“对不起……我的意思是说，古往今来，女孩子十二三岁怀孕，并不稀罕。如今的女孩子早熟，吃快餐食品多，添加剂多，催熟元素多，再加上交友不慎，难免一失足成千古恨。”

“我们家小娟从来不吃快餐食品，没钱买；洋垃圾，我们不吃。”

“不吃，也会早熟。农村孩子在乡下，看动物交配，啥不知道？学校组织女生孕检，不存在过错嘛!”

“不存在过错？国家规定，不准组织未婚女青年孕检，学校不知道吗?”

“国家规定？国家有这规定?”

“区政府外面的墙上，有个漫画长廊，写得明明白白，计划生育七不准!”

“什么漫画长廊？我没认真看过。不过，墙上说的是女青年，初一学生还算不上女青年吧?”

“老师，您不是在狡辩吧？组织女学生孕检，更不对!”

“怎么不对?！就你们异乡人事多！只有你们来闹事，别人的家长都没来！如果，不想让孩子在城里读书了，可以退学，退回乡下去!”

一听说要退学，爹和娘都不吭气了。

爹扯上娘，头也不回地走了。

回到家，却看见小娟的怀里抱个婴儿。婴儿“哇儿哇儿”地哭闹着，小娟慌得满头大汗。

“哪来的孽种?”爹的脸又黑了。

“小娟啊，从哪儿抱来的月子娃?”

“娘，我在垃圾箱捡的。瞧，他一直在哭，哭个不停!”

“作孽啊，谁作的孽?!”娘接过来婴儿，打开包袱皮，给婴儿擦屎擦尿。

家里决不能养这个捡来的婴儿。娘要把婴儿送走，送到孤儿院。小娟不让送，说婴儿可怜。

“小娟，谁可怜你呢？你参加孕检了，家里再抱个月子娃，不是让人戳脊梁骨吗?”娘眼里湿着泪说。

……

转天，送走了婴儿，娘旧话重提，又扯到学校组织的孕检，以此来敲打小娟。小娟说："娘，您不知道吧，俺同学有吃避孕药的。"

娘一惊："什么？老师知道不？"

小娟淡淡一笑："谁知道老师知道不知道。"

"小小的年纪，吃避孕药，真可怕。"

"娘，俺同学吃那种药，不是为了避免生小孩，而是为了考高分。"

"瞎说，吃那玩意儿，能吃出高分？"

"您不信？考试期间吃那种药，女孩子的例假……"小娟说话的声音很低很低，脸色很红很红。

晚上，娘对爹学了小娟说的那些话。娘说："我真担心，小娟会偷偷去买那种药吃。"

爹说："在城里读书读不成个景，还不如把她送回老家去。女孩子，迟早要嫁人的。"爹说这话的时候，脑子里浮现着小娟怀抱婴儿的样子。

抓　捕

我们要抓捕你们的父亲。

他杀了人。

他就在对面的山上藏着，我们已经布下了天罗地网。

警察对异乡人的孩子莲英和小弟说。娘被隔离在另一间屋子里，另一位警察也在做娘的工作。

莲英和小弟听说爸爸杀了人，头皮都炸了。他们不相信爸爸会杀人。爸爸是个有名的蔫人，杀只鸡都怕，怎么会杀人呢？

警察告诉他们，被杀的是个老板，老板恶意拖欠工资。

警察望着两个面色苍白的孩子说：来找你们，就是让你们上山喊话，把犯罪嫌疑人喊出来。如果，你们不配合，你们就犯下了包庇罪。虽然，你们小，不够治罪的年龄，但你们的监护人，也就是你们的母亲，要承担责任。当然，现在要看你们的态度，也要看你们母亲的态度。

望着威严的警察，莲英哭了。小弟扯着莲英的衣角，也哭了。

警察叔叔，是引蛇出洞吗？莲英问。

也不能这么说，你们是大义灭亲。警察说。

警察叔叔，我爸爸会判死刑吗？小弟问。

警察没有正面回答。警察只是叹了口气。

娘从另一间屋子走了出来。娘已经同意上山喊话了。娘对两个孩子说：走吧，去喊爸爸出来！说不定，咱们只能和他见上这一面了。

母子三人抱头痛哭。作孽，真是老天爷作孽！杀人的，怎么偏偏是自己的亲人?!

警察说：我们请来了记者，全程拍摄追捕过程。你们不要害怕，你们只是犯罪嫌疑人的家属。将来，电视片播出的时候，将用电脑制作出马赛克方格，打在你们的脸上。也就是说，你们的肖像权，是受保护的，观众认不出你们的真面孔。当然，犯罪嫌疑人的肖像权，也受保护。捉到他后，我们会给他蒙上面罩。提前和你们说这些，是怕你们产生误会。好了，现在可以出发了。

母子三人哭成了一团。

母子三人走在几个警察的中间，一步一步走上了山梁。

爸爸，你出来吧！我和妈妈还有弟弟，来找你了！你已经被包围了，你跑不掉了！你快出来吧……

莲英撕心裂肺地喊着，她希望爸爸能听见她的喊声，马上出来。可她又希望，爸爸听不见她的喊声，永远不要出来。

他们走过了一道山梁又一道山梁，找过了一个山洞又一个山洞。娘一直默默无言，以泪洗面。

小弟颤抖着声音问：警察叔叔，我爸爸手里有枪吗？他会打死我们吗？

警察说：不会，你们是他的亲人，他怎么会朝你们开枪呢？

小弟又问：如果，他开枪，你们会将他当场击毙吗？

警察说：孩子，你不要想那么多，警察叔叔会保护你们的！

其实，警察这么说的时候，心里也很没底。警察也说不准，犯罪嫌疑人到底有没有枪？当然，捉捕犯罪嫌疑人，是必须从最坏处着想的。想到这里，警察手里的枪，握得很紧很紧了。

爸爸，你出来吧！我和妈妈还有弟弟，来找你了！你已经被包围了，你跑不掉了！你快投案自首吧，政府宽大处理……

莲英和弟弟见到山头就喊，见到山洞就喊。他们的喊声，在山谷里回荡。好像有另一个声音，不断地从遥远的地方回应过来。

娘的神色，已经完全麻木了。

也不知爸爸是从什么地方钻出来的。

就在娘仨一愣神的瞬间，两个警察扑了上去，将犯罪嫌疑人扑倒在地。犯罪嫌疑人本能地反抗着，拼命地挣扎着。但他显然不是警察的对手。警察三下五除二，就将犯罪嫌疑人制服了，给他戴上了手铐，蒙上了面罩。

娘仨终于做出了反应，哭叫着，一拥而上，撕扯警察。但撕扯是徒劳的。很快，他们就被警察拽开了。

娘仨号啕大哭！哭天天不应，叫地地不灵！

警察从犯罪嫌疑人的身上，搜出了一把手枪。

娘仨不哭了，望着那把手枪发呆。

一个警察看了看手枪，面露惊异之色：怎么是把玩具手枪呢？嘿嘿，这叫什么事啊！

另一个警察摘掉了犯罪嫌疑人的面罩，仔细端详了一番，皱着眉头说：怪啊，抓错人了！怎么会抓错人呢？

警察们面面相觑，不明白哪个环节弄错了链子。

莲英和小弟“哇”一声哭了，双双扑进了爸爸的怀里。娘也终于哭出腔来，搂着男人的脖子，哭得回肠荡气，哭得欢畅无比。

可警察还是不放人。警察说，即便不是本案的凶手，也还是要查一查那把玩具手枪的来历。再说了，还有个疑点，如果他没杀人，为什么要手持假枪藏到山里呢？

娘仨眼睁睁地望着警察把人带走了。

莲英给了小弟一耳光：我知道了，是你闹的！是你非要爸爸给你买玩具手枪的！

普通话

老师要求异乡人的孩子学说普通话。老师特别关注异乡人的孩子，让异乡人的孩子用普通话念课文。但异乡人的孩子不会讲普通话，不会用普通话念课文。异乡人的孩子一开口，满嘴柴禾味，同学们笑得遍地找牙。

老师决定先教异乡人的孩子用普通话说词组。老师在黑板上写了“中国”两个字，让异乡人的孩子曹冉用普通话来念。

“中乖”。曹冉念道。

“不是中乖，是中国！注意拼音——zhōng，中国的中！guó，中国的国！”老师耐心地纠正。

“zhōng，中国的中！guāi，中国的乖！”曹冉心里想的是念“中国”，可念出来的还是“中乖”。

“什么乖？是国不是乖！”老师敲着黑板说。

同学们捧着肚子，笑得东倒西歪。

没办法，曹冉就是念不成“中国”，总是念成“中乖”。他还念不成“绿豆”，把“绿豆”念成“路豆”。他也念不成“黄豆”，把“黄豆”念成“房豆”。

真是笑死人了，真不敢听曹冉说话。曹冉一说话，土得掉渣。

“你们异乡人的孩子，真是素质太差！”老师教不成普通话，忍不住发火了。

曹冉望着老师，鼻子有些发酸。

于是，曹冉变成了哑巴，在同学面前，不再说话；在老师面前，也不再说话。老师让他念课文，他就是不念，宁可站着挨训。老师的脸色很灰。老师说：“曹冉啊曹冉，难道你还准备回到乡下去吗？难道你不明白，会说普通话，走遍天下都不怕？”

曹冉紧咬着嘴唇不说话。

其实，曹冉已经默默地下决心了，下决心学会普通话。

每天放学以后，曹冉都要跑到没人的地方，对着湛蓝湛蓝的天空，大声说一顿普通话。普通话被他说得南腔北调，被他说得阴阳怪气，惊得树上的小鸟四下里逃散。城里的小鸟已经习惯于听人们说普通话了，小鸟听到异乡人的声音，很不以为然。

回到安乐窝后，曹冉的嘴里还在絮絮叨叨。

爹对娘说："这孩子怎么了？老是自话自说？"

娘说："不会是魔怔吧？"

于是，爹把曹冉喊了过来。爹掰开曹冉的嘴巴看了看，又检查了他的牙齿和舌头。

曹冉挣扎着，用半生的普通话说："干什么？我又不是牲口！"

爹惊奇地问："你怎么说话呢？咋恁别扭！"

娘也说："是啊，是别扭！不阴不阳的！"

爹忽然笑了："哈，我听出来了，你是学普通话呢吧？"

娘也笑了："是普通话呀！好听，普通话好听！"

曹冉望着爹和娘，感到很委屈。

爹笑道："儿子，听我给你转两句普通话——中央人民广播电台，各位听众，大家好！现在播送各地新闻！"

娘也字正腔圆地说："我也转两句——中央电视台，各位观众，大家好！现在是新闻联播时间！"

"你们也会说普通话?!"曹冉很惊奇。

爹、娘告诉曹冉，早年上学的时候，学过普通话。只是在乡下用不上，扔掉好多年了。

曹冉笑了。爹和娘会说普通话，自己一定能学会说普通话！

曹冉开始在爹、娘面前练习说普通话了。虽然说得半生不熟，虽然说得不土不洋，但他毕竟敢大声说了。

一个月过去了，曹冉不说"中乖"了，也不说"路豆"和"房豆"了。在爹和娘的面前，他能用普通话朗读课文了。

但他没有机会在课堂上朗读。老师没给他机会。老师早就对他失望了。老师想，异乡人的孩子，早晚要回到乡下去的，不会说普通话就不会说吧。老师有了这个想法，就彻底将曹冉忽略了，不再喊他朗读课文，也不让他回答任何问题。

曹冉变成了一只丑小鸭。这只丑小鸭默默地混迹于一群小天鹅中，无话可说。每当老师让全体同学齐声朗读的时候，曹冉才有机会把嘴张开。但他只敢发出很微弱的声音，他怕自己的声音不和谐，被老师揪出来。

但说话的机会还是来了。这天，电视台来了两个记者，点名要采访异乡人的孩子曹冉。因为，全社会都在关注异乡人，记者认为更有必要关注异乡人的孩子。当记者把话筒伸到曹冉面前时，曹冉鼓足了勇气，用普通话说：“我很喜欢这座美丽的城市，我更喜欢我所在的学校！”

老师和同学们十分惊异，曹冉，什么时候会说普通话了？说得这么流利，这么优雅！老师和同学们起劲地拍上了巴掌，为曹冉喝彩。

记者却打断了曹冉的普通话。记者说：“曹冉同学，请你不要说普通话好不好？请你讲异乡人的方言好不好？你只有讲方言，才显得情感真切嘛！普通话太没个性了，太没味道了，怎能表达异乡人丰富的情感呢？对不对？你是异乡人的孩子，异乡人的焦虑、无奈、贫困，甚至痛苦，只有用异乡人的语言才能准确地表达！方言，是一种文化，是宝贵的非物质性文化遗产！大胆些，用方言说话！”

曹冉愣了，不知该说异乡话还是该说普通话。

在记者的一再鼓励下，曹冉面对话筒和摄影机，磕磕巴巴地说起了异乡话。

曹冉再也不说普通话了。会说，也不说。每天，他都是用异乡话，大声说话。下课后，总有几个异乡人的孩子，凑在角落里，叽叽哇哇地说异乡话。

后来的某一天，班里调整了课程表。新增了一门课程——本地方言。学校要求，本市的学生，一定要会说本市的方言，防止被普通话同化，防止被异乡话蚀化。

娘要跳楼

夜里，李瓜就听见爹和娘说要跳楼。爹说，若是再拿不到工钱，还得跳楼。娘说，你不能跳！去年，你和两个兄弟跳楼，被警察带走了，报纸上说你们是跳楼秀。爹说，秀就秀了，反正，去年拿到工钱了。娘说，那你也不能跳！去年，你没跳下去；说不定，今年，你就跳下去了。你真跳下去，俺和孩儿怎么活啊？爹说，不跳？拿不到工钱啊。拿不到工钱，怎么回家过年呢？娘说，要跳让我跳，我又不是不敢跳！

李瓜模模糊糊地听着，听着爹和娘说要跳楼。也许是因为太困了，听着听着，李瓜就睡着了，一觉睡到大天亮。

李瓜醒来的时候，看到了爹和娘阴沉着脸。

吃过了早饭，李瓜就走了，到学校上课去了。

刚上了两节课，就听见有人喊："李瓜，李瓜！"又听见喊"孔来娃！""王大毛！""徐莲英！""郭二牛！""刘石头！"李瓜听出来了，喊人的是茂华叔。几个异乡人的孩子，都听出来了，喊人的是茂华叔。李瓜、孔来娃、徐莲英、郭二牛、刘石头等，全都从教室里跑出来了。

茂华叔气喘吁吁地说："快跟我走，你们的亲娘，要跳楼！"

跳楼？俺的亲娘，要跳楼？李瓜的脑袋，嗡一声就炸了，炸红了半边天。

异乡人的孩子，哇哇地哭着喊着，随着茂华叔，上了面包车。

老师也跟出来了。老师不明白发生了什么事情，但也跟着上了车。茂华叔告诉老师："这几个孩子的亲娘，要跳楼，爬上了十二层楼，要跳楼！"

老师的脸色苍白："为什么要跳楼？为什么要集体跳楼？"

茂华叔说："因为，老板不给工钱。几个老娘们急了，一声招呼，全都爬上楼顶了！她们要一起跳楼！男人们，都急死了！我过来喊孩子们，让孩子们过去，阻止孩儿他娘跳楼！"

李瓜紧咬着嘴唇，不说话。他想起来了，夜里，娘和爹说过的，娘要跳楼！没想到，娘真的要跳楼了。

到了，到了一幢刚刚完工的楼下。果真，楼顶上站着几个女人。风刮着她们的头发，刮得很乱很乱。

警察也来了。警察开始喊话，叫女人们不要跳楼。

记者也来了。记者扛着长枪短炮，寻找着拍摄的角度。

楼顶的女人们似乎很坚强，似乎决心很大，坚决要跳楼。李瓜的娘，望着黑压压的人群，喊道："不许你们任何人上来！只要有人上来，俺立即跳楼！俺给老板半个小时，再不给俺爷们开工钱，俺就跳楼！俺不打算活了，不给钱，俺就跳楼！"

茂华叔急得团团转，对着孩子们说："跪倒啊，快给娘跪倒！你们一跪倒，娘就不忍心跳了！"

异乡人的孩子们，齐刷刷地跪倒了，跪倒成一片。跪倒在地的孩子们，泪流满面，撕心裂肺地呼喊："娘，娘！不能跳楼，千万不能跳楼！"

老师站在孩子们的身后，泪水止不住地流出来了。

李瓜用眼睛的余光搜寻着自己的爹。一来到这里，他就没看见爹。爹到哪里去了呢？

警察又开始喊话，老师也开始喊话。围观的人们却反应不一，有人居然对着楼顶叫喊："跳啊，咋不跳呢？"茂华叔和两个民工冲过去，朝叫喊的那家伙挥了挥拳头，那家伙闭上狗嘴，哑巴了。

李瓜的爹出现了。李瓜的爹和几个民工，扯着老板出现了。李瓜的爹指指楼顶上迎风而立的女人们，又指指跪倒在地的孩子们，吼道："看见没有？我们的女人，要跳楼！我们的孩子，在下跪！你忍心吗，你的良心，让狗吃了吗？"

"你不让我们过年，我们也不让你过年！"情绪激动的民工们，围着老板，怒不可遏。

老板的脸色苍白，被警察叫到一边去了。

记者的镜头跟了过去，抓拍着"黄金瞬间"。

老板终于从皮包里拿出了账本，跟民工对账了。异乡人的孩子们看见，老板很不情愿地打了张欠条，承诺在本周内还清所有的工钱，让民工们携家带口，回老家过年。

楼顶的女人们下来了。女人们一下来，孩子们就扑了上去，哭喊着："娘，娘！"扑进了自己亲娘的怀里。男人们也来到自家女人和孩子的身边，与妻儿相拥而泣。

人们散去了。

老师把异乡人的孩子们带回了学校。

学校像往日一样宁静。同学们还不知道，这座城市刚刚发生了一起民工家属跳楼未遂事件。

李瓜坐在课堂里，脑子里还在浮现娘要跳楼的情景。挥之不去。他不知道，过完年，还能不能回到城里来上学？他无法判断，老板会不会兑现欠条？如果，老板跑蹿了，怎么办呢？娘真的会跳楼吗？

三天后，李瓜听说，老板果然跑了，跑到天涯海角去了。

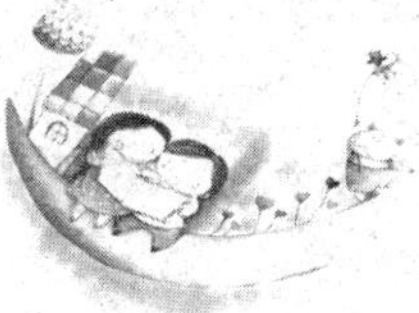

卖眼泪

来娃哭了。因为缴不起学费，来娃伤心地哭了。老师向来娃发出了最后通牒："缴不上学费，就不要来学校了。"

来娃哭着把老师的通牒告诉了爸爸，要爸爸赶紧筹集学费。来娃哭道："老师向我发出了N次通牒，这是最后一次了，我再也没脸了。"

爸爸长叹一口气："哎！老板拖欠工资，半年没发了。我拿什么给你交学费呢？除非，我去卖血！"

来娃哭得更凶了："爸，我不叫你卖血！"

来娃怎么能叫爸爸去卖血呢。可是，不卖血，又有什么法子呢？

来娃想到了打零工。来娃就跑上了街头，寻找打零工的机会。可他问了几家店铺，没人给他这样的机会。就在来娃灰心的时候，他看到了电线杆上贴着一张广告。广告上说，医学院收购眼泪，欢迎各界人士去卖眼泪。

这个发现让来娃惊喜不已。

不过，他没有告诉爸爸。第二天早上，来娃对爸爸说："您不要去卖血啊。"然后，就自己去了医学院。

果真，医学院的OCT中心，正在收购眼泪，有几个先来到的人，正在排队卖眼泪。只听一个医生说，采集泪液数据，是为了治疗干眼病患者，不会对卖眼泪的人造成任何伤害。

来娃的心踏实了。他默默地排在了队伍后面，准备卖掉自己的眼泪。眼泪怎么卖呢？是对着医生号啕大哭吗？面对医生，自己能哭得出来吗？这些，来娃都不知道。来娃想，挨到自己的时候，什么都知道了。

终于挨到了，终于轮到来娃卖眼泪了。

医生打量着来娃："十几岁了？"

来娃说："我都十五了，明年十六。"

医生摇摇头说："年龄太小，不符合条件，你回去吧。"又说："我们只收购二十岁至六十岁人的眼泪。"

来娃不服气地说："眼泪不都一样吗？分什么年龄大小？"来娃说着，鼻子就酸了，眼泪吧嗒吧嗒落下来了。

医生视而不见，对后面的人说："下一个。"

来娃的眼泪白流了。来娃抹着眼眶，跑出了医学院。刚跑出大门，竟碰上了爸爸。爸爸是准备到隔壁的血站卖血的，看见来娃，爸爸问："你怎么不上学?"

来娃闷声闷气地说："不缴学费，上啥学?!"又抬起头问："爸，你是去卖血吗? 我说过了，不叫你卖血!"

爸爸说："不卖血，怎么给你缴学费呢?"

来娃说："爸，您去卖眼泪吧!"

爸爸惊异地问："卖眼泪? 谁死了? 替谁家哭丧?"

来娃说："不是哭死人，是医学院收眼泪。"来娃就把来龙去脉说了，还说了自己年龄小，人家不收小孩子的眼泪。

爸爸笑了起来："这好办，不就是卖眼泪吗? 我去卖就是了。总比哭死人强! 哭死人，我还不知道哭谁呢!"

来娃就引着爸爸去了医学院，到了OCT中心。

医生认出了来娃，猜到了来娃身后的大人是家长。医生说："这孩子卖眼泪，不够年龄。你是他爸爸，对吧? 我可以收你的眼泪，我知道你们家里困难，等着用钱。"

爸爸感激地说："医生，您心真好。你叫我怎么哭，我就怎么哭，你要多少眼泪，我就能哭出来多少眼泪!"

医生笑道："其实，你不用哭出声来。你只需要将眼睛对着仪器就可以了。"

爸爸感到这事有意思。没想到，卖眼泪，不必哭出来。爸爸这么想着，脸上就有了笑容。

医生说："你笑什么? 卖眼泪时，是不应该笑的!"

爸爸正色说："我不笑了，我已经将心情变得很沉痛了。"又说："卖眼泪总比卖血强!"

医生不再搭话。很快，医生就取好了爸爸泪液的数据。然后，医生写了一张纸条，要爸爸两三天再来卖一次，卖够五次，才能拿到一百块钱。

爸爸问："怎么? 今天，拿不到钱吗? 先给二十块钱呗。"

医生给了明确的回答："卖五次后，才能拿到钱。"

爸爸失望地说："今天，连二十块钱都拿不到呀?"

来娃扯着爸爸的衣襟说："爸，走吧。"

爸爸叹口气说："哎! 回去多找些人，大家一块来卖眼泪。众人拾柴火焰高，总能给你凑足学费。"又满怀希望地说："别的东西，咱没有。眼泪，要多少，咱有多少!"

儿子的虚构

晚上，儿子伏在台灯下，写一篇作文。他想看看，儿子写了些啥。儿子捂住本子，不叫他看。他笑笑说：怎么，不想和爸爸交朋友了？

儿子也笑了。儿子只好把作文拿给他看。儿子说：看过以后，可不要生气哦，更不要打我。

他知道了，儿子写的，一定和他有关。他拿过来儿子的作文，果然是写他的：《我的爸爸》。嘿，这小子！他饶有兴趣地读了起来：

“我有一个平静的家，可是最近却起了波澜。爸爸、妈妈老是吵架，因为，爸爸和李香香扯上了关系。”

这小子！他的心一沉，拨拉一下儿子的脑袋。他继续往下读儿子的作文，读着读着，表情越发僵硬了。他不知道自己是怎么在儿子面前露出马脚的，也许，夜里和妻子吵架的声音，让儿子听到了？可是，儿子是怎样知道李香香的呢？连老婆都不知道那个女人的名字呀。儿子才七岁呀，他怎么会写出这样的作文！

儿子盯着他，小心谨慎地说：爸爸，你不要生气呀，我是虚构的，您不是说过嘛，写作文，可以虚构！

他瞄着儿子的眼睛说：是呀，可以虚构，你虚构得和真的一样。

儿子笑了起来：爸爸，真的有个李香香吗？

他不置可否，不知该怎样回答儿子。他深深地吁了口气。

儿子还在笑：爸爸，李香香长得很好看吧？

他咧了咧嘴：好看，而且，很有气质。

儿子睁大了眼睛：什么叫气质？

他没有回答儿子。他不知道该怎样将谈话进行下去。儿子这么小，啥事都懂了，不过几百个字，就将他和李香香之间的故事，写得八九不离十。

爸爸，我是虚构的。儿子盯着他，再次强调了虚构。

儿子，你可以当作家了，虚构得挺像回事嘛。

爸爸，你能给我讲讲李香香的故事吗？这样，我的作文会写得更好！

儿子，你不是说爸爸和李香香扯上了关系吗？是的，是扯上了关系。你可以沿着这个思路写下去，写爸爸妈妈怎样离婚，然后，写妈妈回乡下老家了，写爸爸带你去杭州找李香香了。

爸爸，你真诚实，这些，我已经虚构了。不过，那是另一篇作文：《爸爸领我去杭州》。

他嘿嘿地笑了起来。

儿子说：爸爸，我现在就写第二篇作文。

他点上一支香烟，又点上一支香烟，看着儿子写作文。到第五支香烟吸完的时候，儿子的第二篇作文写好了。

儿子的第二篇作文，比第一篇还精彩。儿子虚构了坐飞机去杭州，到了杭州住高楼，住上高楼养个狗，和狗成了好朋友。儿子还虚构了妈妈回到乡下的新生活，不愁吃穿，天天打麻将。因为李香香给了妈妈好多钱。

读完儿子的第二篇作文，他的脸已经很绿很绿了。

儿子扬着笑脸问他：爸爸，我虚构得怎么样？

他逼视着儿子：亏你想得出来！说着，他从衣兜里摸出两张飞往杭州的机票，还有很厚的一笔钱，在儿子面前晃了晃。儿子，你瞧，这都是李香香给的，我马上就给她退回去。

你和妈妈是不是要去扯绿本本了？

你是怎么知道的?！他几乎叫了起来。

儿子笑道：虚构的呗。扯没扯绿本，我都没所谓的，没所谓，真的。我和妈妈去乡下，还是和你去杭州，都没所谓的。

儿子，别这样了，不要再虚构了！他雷霆般地吼了起来。

儿子像只小猫伏在了他的怀里。儿子还在笑：爸爸，你夜里睡觉的时候，我看过你的手机短信息了。

看着儿子那张猫虎脸，他的脖颈冒出了一丝凉气。他搂着儿子说：你写的两篇作文，我拿给李香香看，好吗？

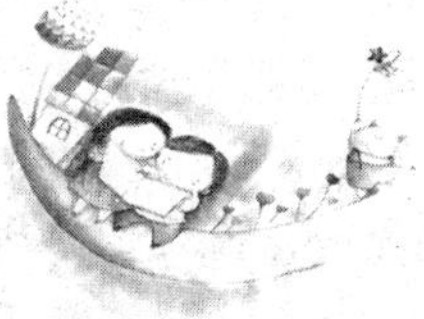

我有胸卡

指导员要吴小手立正站好。指导员往他的脖子上挂了一条金黄色的绳子，绳子上穿了个胸卡。指导员说：你有胸卡了，要对得起这张胸卡，记住，你是个有文化的打工者！

吴小手点了点头，努力地点了点头。吴小手点头的时候，始终保持着立正姿势。这个姿势，很让指导员满意。指导员满怀激情地说：今天，是你上岗的第一天，任务是去都市村庄查一查，有多少人违抗了《暂住人口管理条例》？查了以后，该怎么执行，就怎么执行。

指导员说着，将条例拿给吴小手。吴小手看了看，就记住了最关键的一条："严禁无婚姻证明的男女混住在一起！"

吴小手揣上条例，去了都市村庄。都市村庄，谁都知道的，充满了污泥浊水，充满了破鞋烂袜子。吴小手刚进城的时候，就住在这里，他对这里早就有看法，有很不好的看法。那些嘴唇发紫的小姐，穿着吊裙，在都市村庄出没，让他嗤之以鼻。他是很想管一管的，但一直没管。因为，他没有身份。现在，好了，有身份了，有协理员的胸卡了！

都市村庄的房屋是犬牙交错的。吴小手站在一颗犬牙的齿根部，打量着周围是否有狗。他虽然是农村出来的，但他怕狗，怕被狗咬了，怕得狂犬病。

当确信没有狗时，吴小手敲开了一面灰白院墙中间的铁门。开门的是个老妇女。老妇女很不友好地说：哪头洋葱？

查户口的！吴小手说。吴小手很庄严地挺了挺胸脯，让老妇女注意到他的胸卡。老妇女果然注意到了，于是，老妇女说：我的房子外租了五间，你要看他们的身份证吗？

吴小手说：身份证要看，暂住证要看，婚姻证明要看。当然，人也要看！

老妇女很听话地去敲房客的门。不久，门里走出来一个又一个人，都是没睡醒的样子，吧唧着嘴，散发着口臭。

吴小手排查了一下，共十四个人，分住在五个房间里。一个套间里走出来六个女孩子，一看就是做小姐的那一类。另一个套间里走出来四个小伙子，像是自由职业人。还有两个单间，各走出来一对儿男女，第一对儿男女自称是父女，第二对儿男女自称是兄妹。吴小手查看了他们的身份证、暂住证，发现他们都没有婚姻证明。

十四个男女七嘴八舌说，只是伙租房子，要什么婚姻证明?!

吴小手说：没有婚姻证明，男女混住，就是非法的！违反了政府规定，知道吗？说着，吴小手把政府条例拿给他们看。

十四个人都看了条例，都说不是这样的，都说是分开睡觉的，根本没有婚姻关系，也不可能有婚姻证明。

吴小手说：分开睡觉，也是睡觉。不是婚姻关系，怎么会住到了一起？罚款吧罚款，每人罚一百块！

有个小姐忍不住了，龇着白牙说：不就是要钱吗？净耽误瞌睡！说着，摸出来一张百元钞票。其他几个小姐看见了，也摸出了百元钞票。然后，她们打着哈欠，回屋睡觉去了。

另外那两对男女，每人也交了一百块钱。加上收小姐的，吴小手一共收了一千块钱。吴小手对剩下的四个小伙子说：你们，还癔症啥呢？非法同居，还不掏钱?!

一个小伙子说：钱在屋里，进屋拿吧。

吴小手跟小伙子进了屋，另外三个小伙子也跟着进了屋。刚进屋，门就关上了。吴小手感觉到气氛异样，已经晚了。有人给他蒙上了床单，他什么都看不见了。紧接着，他就吃上了一顿肉拳。但他还是鼓着勇气抗议了：你们敢打协管员?!我有胸卡！

有个声音说：你说你是狗，就不打你了！

这是没办法的事，寡不敌众啊。吴小手终于忍受不住了，说了自己是狗。

床单揭下来了，不打他了，却不放他出屋。他们要他交出一千块钱来，他们知道他收了小姐等人一千块钱。

四个小伙子收走了那一千块钱。他们翻了翻吴小手的衣兜，发现他自己没有一分钱。他们又要打他。他怎么能经得起打呢？于是，他哭丧着脸说：我没有钱，我是进城来打工的，一直没找到合适的工作，今天，才到协管所上班。

一个小伙子说：你怎么不早说呢？

另一个小伙子说：早说，就不打你了！俺也是进城打工的。

第三个小伙子说：给你五块钱吧，买瓶紫药水抹抹。

第四个小伙子说：出了门，你就说你是打工的，就没人放狗咬你了。

吴小手捂着脸走出了院子，看见老妇女一边吃包子，一边用包子喂狗。吴小手连声说：我是打工的，我是打工的！

老妇女笑了：你是个打工的呀，吃个包子吧？

男领导的女秘书

政府已经发了红头文件，严禁男领导配女秘书。这是个很让人解气的文件，配不起女秘书的人，全都拥护。吴小手也拥护。不但拥护，还要下去查访，看看有多少领导人在顶风作案。有的话，就写个报告，报告政府，搞掉那些人的女秘书。

吴小手出门的时候，指导员说：下去以后，你不要说是来调查的，要说是来调研的。不然，你会吃亏的，我可不想让你吃亏！

吴小手笑了笑，夹着个皮包，外出调研去了。

他先来到了M公司。M公司是个特大型国企。特大型国企，往往更容易藏着猫腻。接待吴小手的是办公室主任，女办公室主任。吴小手知道，女主任，就是最大的女秘书。女办公室主任看了看吴小手递过来的调研提纲，微启朱唇，不无柔情地说：吴先生，我代表M公司，真诚欢迎协管所派你下来调研。现在，我向您汇报，作为特大型国企，我们方方面面都是按规矩来的。我可以很负责任地说，M公司没有给老总配女秘书！

吴小手说：如果，您说的属实，请贵公司出具证明，并签字盖章。

女主任说：好的，我马上办理。说着，女主任就写了个证明，并从裤腰上找到钥匙，拿出公章，往证明上戳了个红印。

从M公司出来的时候，吴小手的包里，多了张证明。

吴小手又来到了政府主管的K局。K局长亲自接见了协管员吴小手同志，认真地阅读了吴小手送上来的调研提纲。有个小鸟般的美女婷婷婷婷地走了过来，将一杯清茶放在了吴小手的面前。美女用很温馨的声音说：吴先生，请用茶。说着，捏住茶杯盖，轻轻地拂了拂茶杯上的袅袅香气。

K局长打了个哈欠说：我们K局是没有女秘书的，接到政府文件后，我们辞退了百分之九十九的女同志，只留了一个女打字员小姜！是吧，小姜，你说说！K局长说着，用眼皮夹了夹拂茶的美女。

K局长又说：小姜同志啊，你要好好干工作，可别辜负了组织上的期望！当然，你可不要指望着我提拔你当女秘书啊！你要是当了女秘书，我可就当不成局长了！

吴小手听局长说这些鬼话，就知道天空是灰色的了。吴小手就说：局长，如果贵局没有女秘书的话，就请您出个证明，盖上公章，签上字。

K局长哈哈一笑：小姜，你来办！

小姜用眼皮夹了夹局长，扭着屁股走了过来，抓起局长桌上的派克笔，写了个条子："我局没有女秘书。"然后，又从局长的铁柜子里，摸出了章子，盖上了红印。最后，又在条子上写上了局长的名字。小姜把条子交给吴小手说：拿上吧，我们局长忙，都是我替他签字。

从K局出来，吴小手的皮包里又多了张证明。

吴小手又走进了一家私企。私企是个不大的私企，却是个远近闻名的私企。C老板在。C老板听吴小手说了来意，也不看调研提纲，很爽快地说：有的，我有女秘书的！

C老板喊过来女秘书，给吴小手看。喏，吴先生，这就是我的女秘书！

吴小手看看女秘书，女秘书风摆杨柳地立着，立出千种风情。吴小手说：请您出个证明好吗？我好回去交差。

C老板说：出什么证明，证明我有女秘书？没这个必要吧！我有没有女秘书，和政府有什么关系？政府的文件，是针对国企的，是针对国家干部的！是吧？

吴小手说：如果您不肯出证明，我也没办法，我总不能难为您啊！

C老板笑了起来：吴先生善解人意！刚好，我今天有好心情，请吴先生赏光，陪我喝一杯？

不等吴小手表态，C老板转身对女秘书说：你去安排吧！

二十分钟后，吴小手随着C老板来到了酒吧。吴小手看见，女秘书已经等在那里了。女秘书的身边还有个女孩子，很漂亮的女孩子。C老板说：吴先生，今天，你、我、她、她，两个男人，对两个女孩子，喝啤酒，怎么样？

吴小手的脸色烧得通红。他明白了，女孩子是专门为他招来的。女孩子已经端起酒杯来了。女孩子用很柔美的声音说：吴哥，如果，您开了公司，我可以给您当秘书吗？

吴小手一激灵，犹如火炭被冷水泼了一般，一股热浪冲上了头顶。平日里，已经有人教小孩子喊他吴伯伯了！可现在，这么漂亮的女孩子，却亲密地喊他"吴哥！"

没说的，喝酒！吴小手举着酒杯，和老板碰杯，和两个漂亮的女孩子碰杯。碰了一杯又一杯，很快，就觉得自己轻飘飘地飞了。

第二天，吴小手向协管所提交了《调研报告》。报告说，经过抽样调查，政府机关、特大型国企的领导干部，均未配备女秘书。私企老板，虽然配了女秘书，但不在政府督查之列。

吴小手对指导员说：配个女秘书，有什么不好呢？领导人也是人啊！说完，吴小手掏出手机来，给指导员念了个信息段子："家里有个做饭的，身边有个好看的，单位有个发贱的，远方有个思念的！"

指导员笑得喷茶：吴小手，想什么哪？你！你也居然敢想女秘书?!

432 号井盖

井盖又丢失了。在这个城市的街道上，隔三差五，就有一个井盖丢失。井盖像长了腿儿似的，跑得无影无踪。

指导员让吴小手去找井盖。指导员说：今后，你的主要任务之一，就是看护井盖。少一个井盖，罚你五十块钱；找回来一个井盖，奖励你五十块钱。

吴小手心一冷，又一热。

就去大街上找井盖。

该死的井盖！

井盖真的该死。每失踪一个井盖，就会出现一个陷阱。不但会掉下去儿童，还会掉下去大人。去年下大雨，有个大活人，就掉进窨井里了，就因为窨井上没有井盖。没有井盖的窨井，是吃人的陷阱，不但拿人，也拿自行车、摩托车。有时，也拿汽车，拿住汽车的一个轮子，让汽车趴窝熄火，动弹不得。

市民们总是拨打媒体热线，声讨偷井盖的人。偷井盖的人，把井盖砸成碎铁，卖废铁，卖良心。

吴小手来到了光明大街，看见了那个没有井盖的窨井。窨井张着肮脏的大口，随时准备吃人。“432 号井盖”，吴小手判断出了丢失的那个井盖的编号。接下来的事情，就是到城乡结合部去，找废品收购站，找回 432 号井盖。马上就去，去晚了，432 号井盖就粉身碎骨了。

先去了城东废品收购站，没有发现 432 号井盖的踪影。又去了城西废品收购站，也没发现 432 号井盖的踪影。然后，又去了城南，又去了城北。东西南北，所有的废品收购站，都没有发现 432 号井盖的尸体。而且，也没发现任何一个井盖的碎骨头烂皮。

吴小手的神色有些沮丧。吴小手揪住一个破烂王说：你告诉我，哪里有井盖？

破烂王说：什么井盖？我不知道，我真的不知道！打死我也不知道！公安局有命令的，不许收购井盖！

吴小手塞给破烂王十块钱说：我要找 432 号井盖，你告诉我，在那里能找到？

破烂王说：你找不到，你根本找不到！你去铸造厂吧，买一个新的好了，你说要多少号，厂里就给你砸多少号。

吴小手眼睛一亮，就往铸造厂去了。

铸造厂在一个都市村庄。果然，在铸造厂的院子里，吴小手看见了一堆井盖。井盖码在大棚里，码得齐头整脸。

厂长问：你是来买井盖的吗？

吴小手说：我不买井盖，我来调查。

厂长笑了起来：调查？调查什么？是不是调查小偷把井盖卖到我这里来了？笑话，真是笑话。

吴小手说：什么笑话，我不开玩笑。我是协管所的，我有协理员工作证。

吴小手说着，掏出来胸卡，佩戴到胸前。

厂长说：你要怎么样呢？

吴小手说：我参观吧，请把翻砂工找来，我还要看化铁炉。

厂长说：生产车间不在这里，这里没有翻砂工，也没有生产设备。

吴小手说：这就不对了，厂门口挂着铸造厂的牌子呢。

厂长说：挂牌子也不是工厂，是销售部。工厂都在乡下。城里不让开工厂，有污染。

吴小手一时语塞。这时候，一群人围了过来。他们手里拿着铁棍，神色凶恶。

吴小手心一抖。吴小手说：这样吧，我买一个井盖。

厂长笑道：这就对了嘛，说吧，你要多少号？当场砸号。

吴小手说：432 号。

厂长叫过来一个工人。工人搬下来一个井盖。工人看了看井盖，叫道：这就是 432 号，不用砸号了！

吴小手笑了，厂长也笑了，一圈儿的人都笑了。

厂长让工人跟着吴小手，把井盖送到光明大街。走到那个没有井盖的窨井旁，工人放下井盖就走了，喊都喊不回来。工人生气了，生吴小手的气。吴小手没有给他小费。

看来，吴小手只好自己安放井盖了。

吴小手想到了窨井里可能会有儿童玩耍。吴小手就下到了窨井里。就在他刚刚埋下身子，刚刚消失在地平面的时候，井盖“咣当”一声，复位了。不知是谁，把井盖安放得严丝合缝。

“救命！”

“救命啊，救命！”

执行力的一种色彩

吴小手说：你们公务员真傻，不是一般的傻。

公务员说：你们协管所的人才傻呢，一个个呆头呆脑，集体弱智。

吴小手说：你可以瞧不起我，但不可以瞧不起我供职的协管所。政府让你们带薪休假，你们不休，你们不是傻是什么？

公务员说：反正我们不傻，傻瓜当不上公务员！

吴小手说：不傻就不傻吧，我今天是代表主管部门来的，来落实执政能力的，也就是说落实方针政策的执行力。

公务员说：说说看，怎么落实？

吴小手说：具体说，就是强制公务员带薪休假，不休也得休，休也得休！休了，按实际休的天数，每天补助一百五十元。不休，没有资格参加任何一项先进人物的评选！

公务员说：这倒是好事。可是，我不明白，我自愿上班，自愿放弃休假，有什么不好？

吴小手说：我不知道，我真的不知道。我只是传达文件精神。你不休假，就是与文件对抗，就是损害政府的形象。政府是爱护公务员的，公务员是个宝，一个都不能少！

公务员说：是这个道理。可是我，身体是健康的，没必要休假。

吴小手说：你敢说你绝对健康吗？据有关部门调查，有相当一部分公务员，处于亚健康状态，实际上就是不健康状态。

公务员说：是的，我身上就出现过亚健康病状，头晕、眼花、失眠、脂肪肝。但我知道，我是喝酒喝的，不是工作累的。如果我不喝酒，我壮得像头牛！

吴小手笑了：你看，喝酒喝出来了亚健康吧？当然，很多情况下，喝酒也是工作。所以，政府关心你们，强制你们带薪休假！

公务员说：这你可就让我为难了！你不知道，我忙得很！我这个马达，一天都停不下来。元旦过完有春节，春节过完有元宵节，元宵节过完有植树节，往下说，一个节挨一个节，三八妇女节、五四青年节、六一儿童节、七一党的生日、八一建军节、九九重阳节、教师节、国庆节、中秋节、圣诞节……此外，学雷锋活动日、三·一五消费者权益日、安全生产活动月、麦收三抢、秋收秋种、冬季送温暖、大白菜工程、菜篮子工程……叫我怎么说呢，我已经分身无术，还想叫我休假？我怎么休假？我是休假的人吗？叫你说，一个公务员，一个有事业心和责任感的公务员，能忍心放下工作去休假吗？我告诉你，我是农民的儿子，我是人民的公务员，我不加倍努力工作，我就对不起父老乡亲！

吴小手说：你的话很感人！真的，你的话真感人！但是，公务员同志，我也要告诉你，即便你是不知疲倦的毛驴，你也要摘掉驴眼罩，停下来休假！为什么？也请你理解我啊！我今天的工作，就是说服你同意带薪休假！我从农村出来找工作，不容易，你总不能看着我丢掉饭碗吧！

公务员瞪大了眼睛说：你说什么？你是个打工仔？你怎么不早说呢！我这人，就是富有同情心，就是看不得穷人受苦！

吴小手笑了：这么说，你同意带薪休假啦？那你就填一张表吧。

公务员说：填什么表？有什么必要填表？

吴小手说：是休假人员登记表。把你的信息输入电脑，电脑就会为你建档，让你在考核时加分，加十分！

公务员眼睛一亮说：是这样的吗？

吴小手语气肯定地说：是这样，骗你，我是狗！

公务员说：好吧，我填表！

公务员很快就把表填好了。吴小手看了看他填的表，忍不住笑了。公务员说：你笑什么？喝了笑和尚的尿了？

吴小手说：强制公务员带薪休假，有一个官方的说法，是为了保证政府部门的随机性和突变性，也就是为了完善内控制度。你不要以为，离了你，地球就不转了！哈哈，哈哈！

公务员说：你这不是气我吗？把我当成了什么人？难道安排我休假，就是为了要让别人插我一杠子吗？

吴小手说：我不知道，我什么都不知道。

公务员说：没想到，一个公务员让协管所的打工仔给涮了！好吧，我会给你一个回答的，给你一个响亮的回答！

之后，吴小手对公务员带薪休假进行了追踪调查。结果是，公务员拿了休假补助，每天补一百五十元，却是一天都没休息。公务员天天都在上班，处理公务，陪领导检查、调研、进酒店、洗桑拿。而且，公务员的照片还上了单位的光荣榜。

吴小手在路上拦住了公务员：你怎么不诚实呢？你还当公务员呢！

公务员说：就因为你太诚实了，所以，你才当协管员嘛！

公务员又说：你知道我一直在上班，算我义务劳动行不行？公务员是为公众服务的，各种福利都是纳税人提供的。我们不能无视大众的感受而只顾自已的幸福啊！

听公务员说出这种话来，吴小手真是无奈了。无奈的他，发现自己的眼泪流了出来。吴小手抱住一棵树，痛哭了一场。吴小手发现，树也哭了，树汁将他的衣裳染得很绿很绿。他用巴掌打树，却把自己打得很疼很疼。

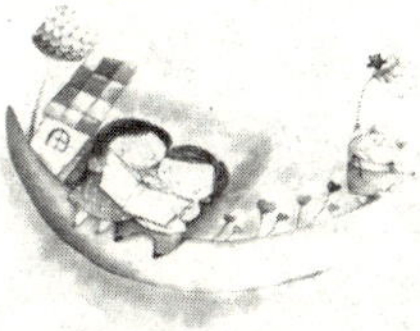

让酒鬼脱瘾

审计局的一帮人有酒瘾，很大的酒瘾。一看见酒，就迈不动脚了，就把正事丢了。审计局专门发布了禁酒令，可是，无济于事，有酒瘾的人，仍然是天天醉成半仙。审计局无奈，请协管所派人帮助瘾君子戒酒。

吴小手因为不喝酒，被指定去当戒酒师。吴小手知道，当老师的，要先有一桶水，才能给学生倒一杯水。可自己滴酒不沾，怎么能帮人家戒酒呢？

欢迎的宴会上，几个酒鬼，个个烂醉如泥。想到他们马上就要转入戒酒了，吴小手也就没禁止他们。让他们喝，随便喝，一醉方休吧。也许，他们是给老师来个下马威呢。吴小手想。

第二天，在戒酒训练班开学典礼上，吴小手宣布：每人交5000块钱，如果戒酒成功，钱退回本人，如果不成功，资助协管所做办公费。

一个酒鬼说：回头查你的账，先封后查！

另一个酒鬼说：审计你们，审出血来！

又一个酒鬼说：把你们审哭，不哭，不让过关！

吴小手说：我们不怕审计，是你们局长叫收钱的。

一个酒鬼说：不就是五千块钱吗，我们交，但要有发票。

另一个酒鬼说：要正规发票，不要白条。

又一个酒鬼说：发票不要开戒酒费，要开招待费。

吴小手说：你们说怎么开，就怎么开，反正，将来是你们去审计。

收过了钱，吴小手开始上课。吴小手说：既然，你们来戒酒，就要把戒酒当工作。我相信，你们会成为优秀学员。戒酒，说难也不难，说不难也难，关键是心里馋不馋。戒酒训练，主要分躯体脱瘾和心理脱瘾两个阶段。所谓躯体脱瘾，就是与酒隔离，看不见酒！你们能做到吗？

酒鬼们齐声回答：能——做——到！

吴小手又说：在躯体脱瘾阶段，我们将严格执行审计局内部颁发的禁酒令，上班时间喝酒的、酒后驾车的，视情节严重，分别给以通报批评、警告、记过、调离、辞退、开除公职等六种处分。你们有意见吗？

酒鬼们齐声回答：没——意——见！

躯体脱瘾正式开始了，每天读书、学习，宣讲喝酒的危害，还给酒鬼们打针、吃药，让他们渐渐不说喝酒，不想喝酒。

第十天的时候，吴小手让酒鬼们写出各种名酒的牌子，谁写得多，谁就可以得到奖励，奖品是一瓶白酒。酒鬼们写啊写啊，统共写出了上千种名酒的牌子，古今中外都有，可就是没人上前领奖。

这说明，躯体脱瘾成功了。吴小手决定将戒酒转入第二阶段，实施心理脱瘾。吴小手拿出来了茅台、五粮液、杏花村、二锅头、小糊涂仙、杜康等不同品牌的白酒，还把酒瓶盖打开，让酒香四溢。酒鬼们都看见了酒，却都表现出了麻木不仁的样子，丝毫不眼馋的样子。

一连十天，天天都这样，没有一个酒鬼眼馋面前的名酒。为了考验他们的心理防线是否牢固，吴小手要他们每人写一篇弘扬酒文化的感想，有人写了洋洋万言的论文，还有人写了合撤押韵的诗歌。酒鬼们的表现，真是好极了。吴小手将酒鬼们写的东西，拿给局长看，局长也很高兴，当场表示，要将这些作品集结成册，作为行业纠风的一项成果，在社会上展示。

经过二十天的强化脱瘾，戒酒训练班结业了。

吴小手给每个学员们做了言词优美的鉴定。在结业典礼上，局长告诉大家一个振奋人心的消息：局里马上要提拔一名副局长，凡是参加过戒酒训练班的人员，都有机会参加副局长职务的竞聘。因为这些同志，是“酒精”考验过的，是具有自律意识和抗诱惑能力的精英分子。让优秀人才脱颖而出，是审计局落实政府禁酒令的一项创举。

几天后，有个参加过脱瘾训练的人来到了协管所，说是要请吴老师喝酒。吴小手问：你不是戒酒了吗？怎么又喝酒？

这个人说：我当上了副局长啊！

又说：我得感谢您啊，您让我吃的分最高，您给我写的评语最好！

还说：那一个月，戒酒训练，真他妈的残酷，滴酒不沾，还不就是为了这一天！有了这一天，啥酒喝不上?!

吴小手想：这样的人，怎么能当上副局长呢？

这个人又说：将来，等我当上老一，一定要举办个喝酒大赛，请吴老师当评委！

为上帝撬门

指导员放下电话，问吴小手：你会不会撬门？

吴小手问：撬什么门？

指导员说：月亮公司请我们派人去撬门，撬太阳公司的门。月亮公司给我们劳务费。你去撬吧，很简单的。

吴小手说：为什么撬门？

指导员说：月亮公司和太阳公司之间有纠纷，月亮公司不便于自己去撬门。所以，请我们派人去撬门。

吴小手说：不能撬。要撬，月亮公司自己去撬好啦。

指导员说：为什么不能撬？

吴小手说：公安局严禁撬门，严厉打击撬门。

指导员笑了笑说：我们请公证人员到场公证，不存在违法。

吴小手说：哦，我知道了，公证人员给我们公证，我们就不违法了。好的，我执行任务。

晚上，吴小手带上了撬门的工具，到达了太阳公司。太阳公司的大门紧锁着，连个值班的人都没有。月亮公司的人已经等在门口，等着吴小手过来撬门。公证人员也来到了，一胖一瘦，做现场公证。

吴小手操起工具，很快就把门撬开了。

月亮公司的人蜂拥而入，搬走了太阳公司的东西。胖子和瘦子做了现场公证。

吴小手回到协管所，心里很不踏实，怕要吃官司。果然，官司真的打起来了。太阳公司告状了，一举告下了月亮公司，还有公证处、协管所。

月亮公司不承认犯法。月亮公司的代表说：门不是我们撬的，是协管所的人撬的。而且，还有公证人员现场公证。

公证处的代表说：客户就是上帝，这是我们的服务宗旨。我们的人，只是现场公证，未与任何一方发生财产纠纷，也未发生肢体冲突。我们是自负盈亏单位，我们的人要吃饭。现场做公证服务，提供有关的公共关系证明，是我们正常的业务范围。

指导员代表协管所说话。指导员说：协管所派人撬门是不假。但我们是接受月亮公司的委托而发生的劳务行为。何况，我们的员工撬门时，有公证人员现场公证，我们没有动一草一木。因此，我们不存在侵权行为。

无论月亮公司、公证处、协管所怎样狡辩，法院都做出了庄严的判决：三家被告共同承担赔偿责任，并登报致歉。

媒体为此引发了一场大讨论，三被告遭到了社会舆论的一致谴责。比较著名的檄文有《月光下的勾当》《公证处何以不“公正”》《协管所成了“邪”管所》。

官司输了。面子却没输。

月亮公司摆桌请客，请公证处、协管所的人喝酒。指导员没忘记带上吴小手。

公证处的胖子和瘦子也迈着螃蟹步来了。

月亮公司的首脑，举着酒杯说：我衷心感谢公证处和协管所！让你们受委屈了！虽然，我们输了官司，却是虽败犹荣！

公证处的首脑也举着酒杯说：为我们的真诚合作干杯！我相信，这场官司一定会为社会各界所瞩目！以后，请我们做公证的单位会越来越多！

怎么会呢？吴小手在一旁听得很糊涂。

公证处的首脑继续说：政治的、经济的、学界的、文艺界的、体育界的，几乎每天都有人造假，造大假。结果呢，名声大噪！因此，这场官司，让我们看见了新的效益增长点！

吴小手听明白了。吴小手想到了明星假唱。电视里直播文艺晚会的时候，明星在台上假唱，公证员就坐在一旁，眼睁睁地看着，红口白牙地说什么“演唱合法，特此公证”。观众们听见公证员这么说，就跟着哗哗地鼓掌。

酒过三巡，公证处的首脑，又给吴小手敬酒。首脑说：感谢你，兄弟。你挥舞着李逵的板斧，砸开了太阳公司的铁门，砸得好啊！

吴小手脸红了，很红很红。

指导员举着酒杯，挡了过来。指导员知道，吴小手不能喝酒，一喝酒，他就会醉死过去。指导员说：为上帝撬门，我们是上帝的使者！

举座大笑。

公证处的胖子和瘦子也凑上来给吴小手灌酒。一边灌酒，一边说：该出手时就出手，我们为你公证！

吴小手还是喝醉了。他是怎么被指导员拖回去的，一点都不知道。后来，指导员对他说：人啊，就得留一半清醒留一半醉！

吴小手说：是吗？这句话，公证过吗？

指导员说：可以去问上帝。

做个彬彬有礼的猴子

龙湖景区的猴子太不像话了，一点也不讲究文明，把游客给吓跑了不少。景区要协管所帮助想想办法，怎样治理猴子。吴小手说，猴子是最接近人类的动物了，可以按照人类社会的管理法则，制定个《猴子文明礼貌行为准则》。经过缜密的构思，吴小手拿出来个“十不准”，让指导员审查：

一、不准哄抢游客，要做彬彬有礼的猴子。

二、不准硬拉游客照相，要做到文明待客。

三、不准骚扰游客，尤其是女游客。

四、不准同游客恶作剧，尤其是未成年人游客。

五、不准偷窃游客财物，要保一方平安。

六、不准撕咬游客，违者禁闭十五天。

七、不准随地大小便，以免污染环境。

八、不准亮出猴屁股给人看，要洁身自好。

九、不准当众交配，以免诱惑青少年犯罪。

十、不准和异类动物谈恋爱，杜绝艾滋病发生。

指导员说：写得很好，很全面，既有超前意识，又有可操作性。现实生活往往比小说还要荒诞。只有关口提前，才能防患于未然。比如，第十条，前瞻性特征很明显，代表了我们观察事物的高度，反映了我们思考问题的深度。

指导员又说：当然了，我们还要听听景区管理处的意见。人家花钱请我们拿方案，我们就得让人家认可，人家认可了，才能让制度上墙，才能以此来指导、规范猴子的言行。

吴小手和指导员就打了车子，去了龙湖景区。管理处白处长看了看“十不准”，也没多说什么，只说了一句：“我们就是为了多赚钱！”说完，就领着他们进到景区参观，参观完去吃饭，吃完去洗澡，洗完澡又去唱歌。想美声唱法就美声唱法，想民族唱法就民族唱法，想通俗唱法就通俗唱法。

让吴小手奇怪的是，每一个环节，不但有小姐陪同，也有猴子陪同。白处长特意说明，这些猴子都是精心挑选的小母猴子，十分清纯，如果他们进化到人类，绝对是可爱动人的美眉。

半个月后，龙湖景区游客激增。白处长专程来到协管所致谢，说“十不准”写得好，执行起来非常有效果，景区出现了前所未有的看点、热点和焦点。

吴小手说，请具体谈谈嘛，我正写工作总结呢，有了实例，总结才会生动。

白处长说：请你听我讲。第一条，不准哄抢游客——许多游客来景区，就是冲着要被猴子哄抢的，不哄抢，就不热闹。通过哄抢，心中的郁闷一扫而空。为了让大家愉快，我们给猴子穿上了宋朝梁山好汉的衣裳，让猴王扮成了山大王宋江。

第二条，不准硬拉游客照相——许多游客来看猴子，就是准备与猴子合影留念的。猴子一拉百媚生！当然，主要是母猴子拉扯游客，我们给母猴子穿上了旗袍，大腿开叉的那种旗袍。

第三条，不准骚扰游客——反其道而行之，游客来看猴子，不也是对猴子的骚扰吗？其实，更多的游客，尤其是女游客，喜欢骚扰猴子，尤其是异性骚扰！猴子被骚扰的时候，发出了尖叫。游客喜欢猴子的尖叫，录了音，说是原汁原味。

第四条，不准同游客恶作剧——游客来景区玩，是为了什么？说穿了，就是寻找刺激嘛，猴子与人做游戏，也是助人为乐啊。

第五条，不准偷窃游客财物——有的游客故意把东西藏起来，就是逗猴子来盗取的，这样可以增强反扒窃能力和破案能力。

第六条，不准撕咬游客——实际上，游客的防范意识很强，至今，尚未发生一起游客被猴子咬伤的事件，这充分反映了游客具有较强的反恐能力。

第七条，不准随地大小便——有的游客是专门过来收集猴子粪便的，说是回去搞研究的，他们还自愿交纳了猴粪购置费。

第八条，不准亮出猴屁股给人看——许多游客来了就是想看猴屁股的，尤其是一些司机朋友，说猴屁股红红的，让他们随时想起来红绿灯，有助于强化安全交通意识。

第九条，不准当众交配——学校里的生理卫生课，老师根本就不讲解人类怎样交配。而学生们能在景区看到猴子交配，那是多么珍贵而又生动的第二课堂啊。

第十条，不准和异类动物谈恋爱——动物世界，之所以和谐相处，不是一两句话就能说得清的。城里人，可以把狗当儿子养，把猫咪当情人看，把金丝雀当小蜜宠，猴子就不能和其他动物眉目传情吗？当然，艾滋病是不会发生的。艾滋病只是咱们人类这种高级动物才有的高级病。山里的猴子，尚未进化到人类呀！

白处长一条条讲着，吴小手听得直咂舌。这是骂我呢？还是夸我呢？

指导员说：好啊，好啊，“十不准”这篇文章做得好！

白处长说：我们想请小吴同志去一趟，给工作人员开个讲座，也许，效果会更好！

过年就要放鞭炮

吴小手很高兴，过年可以燃放鞭炮了，严禁令取消了。吴小手喜欢过年，喜欢放鞭炮。但喜欢归喜欢，该干吗还得干吗，大年夜还得站到街上去，巡视可能随时出现的火灾，避免人员伤害。

鞭炮已经在城市的角落里炸响了，此起彼伏地炸响了。可是，大街上，却看不见有人放鞭炮。不管认识的人或不认识的人，都不见放鞭炮。这让他很奇怪。他就拦住一个中年人问：你怎么不放鞭炮呢？

中年人问：你是谁？我为什么要放鞭炮？

吴小手说：你别管我是谁，过年还是要放鞭炮的！不放鞭炮，过年就没有味道，就不像过年！

中年人说：我明白你的意思了，我是禁放派，你不要和我说这个。我不敢放鞭炮，一听见炮响，心就慌！我最讨厌的就是放鞭炮，我拥护政府的禁放令。

吴小手觉得中年人不可理喻，和他说多了，就是对牛弹琴。

吴小手又拦住了一个小伙子：过年了，你怎么不放鞭炮呢？

小伙子问：你是谁？为什么要我放鞭炮？

吴小手说：你别管我是谁，过年还是要放鞭炮的！不放鞭炮，过年就没有味道，就不像过年！

小伙子说：我明白你的意思了。我是禁放派，你不要和我说这个。我不敢放鞭炮，一听见炮响，心就慌！我最讨厌的就是放鞭炮，我拥护政府的禁放令。

吴小手觉得小伙子不可理喻，和他说多了，就是对牛弹琴。

吴小手又拦住了一个小孩子：过年了，你怎么不放鞭炮呢？

小孩子问：你是谁？为什么要我放鞭炮？

吴小手说：你别管我是谁，过年还是要放鞭炮的！不放鞭炮，过年就没有味道，就不像过年！

小孩子说：我明白你的意思了。我是禁放派，你不要和我说这个。我不敢放鞭炮，一听见炮响，心就慌！我最讨厌的就是放鞭炮，我拥护政府的禁放令。

吴小手觉得小孩子不可理喻，和他说多了，就是对牛弹琴。

怎么就看不见有人放鞭炮呢？吴小手就往小巷深处走去。他知道，小巷子里都是百姓人家，高兴了，想干啥就干啥，没那么多毛病。

果然，小巷子里有人放鞭炮，放礼花，放二踢脚，放遍地红，放得夜空灿烂，放得大地铺红。吴小手就紧走了几步。只有走到近处，才可能尽情观赏。可是，当他走到近前时，放炮的人突然散了，说散就散了。只听见有人喊：协管员来了！

我来了又能怎么样呢？又不是去年、前年、大前年！那时候，不叫放鞭炮，放了就罚款。现在，政府的禁令取消了，怎么见到我还要跑呢？

吴小手像截木桩似地愣在那里，不知道是该走开还是该留下来。

这时候，一个老人从楼门里出来了，跟着他的是两个小孙子。老人一手拎一挂鞭炮，小孙子在后面欢蹦乱跳。吴小手高兴起来了，跑上前说：大爷，您放鞭炮吗？要我帮忙吗？

老人瞪了他一眼。

吴小手突然想起来老人是谁了。前年，老人领着小孙子放鞭炮，被他逮住了，罚了二百块钱。

老人瞪着他说：又逮人来了？又罚款来了？

吴小手说：大爷，今年不同了，开禁了，可以放鞭炮了！

老人不再理睬他。老人踮着脚，将两挂鞭炮挂到了树上。老人又从怀里掏出个小录音机。顷刻间，录音机里响起来噼哩啪啦的鞭炮炸响声。

吴小手惊奇地睁大了眼睛。那两挂鞭炮，原来是假的，是挂树上充样子的。吴小手忍不住问：大爷，为什么不买真的呢？为什么要买假的呢？

老人的回答更让吴小手感到意外。怎么买？上哪买？城里根本就不卖鞭炮。要买鞭炮，坐车去三环以外！买了，也甭想坐车回来，鞭炮不让上车！

吴小手无话可说了，一句话都说不出来了。

吴小手坐车去了三环。果然，看见了鞭炮摊子。许多人在买鞭炮，买了，当即就找块空地燃放，放得很过瘾。

他还看见了一群警察。这群警察从面包车上下来，买了许多鞭炮。警察们抱着鞭炮，找了块很大的开阔地，燃响了那些鞭炮。鞭炮炸响了，一声比一声急，像炮火连天的战场，炸响了一片夜空。吴小手看见了一个熟识的警察。就问人家：大老远的，专程跑来放鞭炮？

那个警察说：可不是嘛，下了夜班，就开车来了，专程过来放鞭炮。干我们这行的，没有不喜欢放鞭炮的！

一种走路方式

吴小手看见黑衣人要横穿马路。但黑衣人没有在斑马线过马路，而是要在没有斑马线的地方，斜穿马路。黑衣人斜穿马路的样子，像是过河，像是遇上了河水的阻力，需要斜着游向对岸。吴小手就喊住了黑衣人：喂，喂，你怎么搞的？说你呢，你以为你是在过河吗？回来，回来，走斑马线！

黑衣人听见了喊声。黑衣人走回来问：我到斜对面去，你不知道三角形的斜边，小于两条直角边之和？

吴小手说：什么直角不直角的，穿马路要走斑马线！你不明白吗？

黑衣人说：我明白什么了？我能明白什么？

吴小手扬起手中的《交通规则》说：你看，规则规定了的，行人不能乱走路的，有十二种走路方式要罚款的！

黑衣人说：啊，你是谁？警察呢？警察干什么去了？

吴小手说：警察人手不够，我是协管员，持证上岗的，帮助警察工作的！

黑衣人说：我说呢，河边没青草，哪来的多嘴驴！

吴小手说：你才是驴呢！你看别人是驴，别人看你，也是驴！

黑衣人笑了起来。黑衣人说：你看，在我们眼里，对方都是驴了。我给你讲个笑话吧，你听了这个笑话，就不会罚我的款了。

吴小手说：讲讲看，我要是笑了，你的罚款就免掉了。

黑衣人说：有个乡下来的驴子进城，走到路口不走了。警察看见驴子的嘴很白，警察就说，你以为你戴个口罩，我就不认识你了？你不就是条驴嘛！

黑衣人哈哈大笑。这个笑话很拙劣，但表明了黑衣人的态度，黑衣人主动把自己和乡下的驴子划了等号。吴小手打算简单教育他几句，让他从斑马线走人。可就在这时，吴小手看见了另一个人也在违章横穿马路。这是个穿红衣服的人。这个红衣人，在马路上探头探脑，一会儿跑到马路中间，一会儿又退回来，一会儿又跑到马路中间。

于是，吴小手抛开了黑衣人，喊住了红衣人。吴小手喊道：你是不是找死啊？没看见汽车？加速横穿，中途倒退，是你让汽车，还是汽车让你?!

红衣人红着脸说：我也不知道，我让车过去，车不让我过去！车让我过去，我又过不去！

吴小手说：你走斑马线呀，汽车轧死了，赔偿八万；不走斑马线，赔偿四万！

红衣人说：瞎说的，八万、四万，我怎么不知道？又说：社会是以人为本的社会，汽车是不敢轧死我的！

黑衣人说：兄弟，那你就站斑马线上，轧死，给你八万！

红衣人说：河边没青草，哪来的多嘴驴？

听红衣人这么说，吴小手和黑衣人就想起来了那个驴子的笑话，就哈哈大笑起来。

红衣人说：你们笑什么？笑我不敢挣八万吗？

吴小手说：好了，都别打渣子了，就算帮我个忙吧。说着，吴小手拿出来两面小黄旗，交给红衣人一面，交给黑衣人一面。又说，你们帮我逮人，逮一个，算一个，逮住了，就叫他们站到马路边，也不要罚他们的款，就叫他们学习标准的走路姿势。全当做个游戏，这个游戏很好玩。

黑衣人和红衣人觉得可以接受。既然是个游戏，又很好玩，那就玩玩吧。

黑衣人和红衣人就站在了马路两侧，开始逮人，逮那些不会过马路的白衣人、蓝衣人、绿衣人、灰衣人、粉衣人。很快，就逮了两大串。黑衣人和红衣人就训他们，把他们训得汗颜，训得抬不起头。然后，又把他们编成组，让他们拿上小黄旗，开始逮人。白衣人、蓝衣人、绿衣人、灰衣人、粉衣人都兴奋起来了，也开始逮人，不久，就逮住了许多人。天网恢恢，疏而不漏，任何一个违章走路的人，都逃脱不了他们的眼睛。

黑衣人向吴小手报告说：我手下有一百多号人了。

红衣人也向吴小手报告说：我手下有将近二百人了。

吴小手说：好了，游戏可以结束了，但不是立即结束，也不是就地结束。现在，你们带着各自的队伍，大家一起沿上行方向前进。知道吗，要选择一个未实行交通管制的路段，横穿马路。

黑衣人和红衣人都很听话，各自扯起队伍开始行动。他们走了很久很久，一直走到看不见公路上有车辆了，才开始准备横穿马路。可就在这时，吴小手举起手中的小黄旗叫了起来：且慢，根据有关部门规定，“未实行交通管制的路段，行人通行时，横列超过二人以上的，要受罚！”

人们哗然。但很快就安静下来了。人们按照吴小手的要求，排好了队伍，一次一个，穿过马路。队伍井井有条，秩序井然。直到天黑，两边的队伍才通过完毕。

最近的是曲线

所长问：你说，达到目标，直线和曲线，哪条线最近？

茂平说：当然是直线。

茂平说着，用手指蘸着口水，画了两个点，连成了一条直线。茂平边画边说：从 A 点到 B 点，有一条最短的直线。

所长说：你画的是直线，但我要说，有时候，曲线是最近的。你信不信？

茂平说：我不信。

所长笑笑：你蛮固执的嘛。现在，我们两个出发，去广场。走不同的路线。你走直线，我走曲线，看谁先到达。你骑车，我也骑车。

两个人走出了门外，各自骑了自行车，上了马路。

茂平走的是条直线，一条大道，直通广场。茂平的心情很好，他相信自己，一定能先到达目标。可是，他想错了。他走出不久，前方就发生了堵车。汽车、摩托车、自行车堵得死死的。等了许久，警察才把道路疏通。到第三个路口的时候，红绿灯又坏了，各种车辆都在抢行。茂平不能跟汽车、摩托车抢路，抢也抢不过。他只好又等，等车少了，才急慌慌地通过路口。

茂平到达广场的时候，看见所长已经等在那里了。

所长笑着问：哪条路最近？

茂平不服。茂平说：你没遇上堵车，当然你先到了。

所长说：好吧。我们再做个试验。

所长拿出两封信说：你看好了，两封不一样的信，走两条不一样的路线。一封，你通过邮局寄给民政局局长。另一封，你去民政局送给局长。你说，哪一封信走得快？

茂平说：当然是我去送，信走得快。送信是一条直线。

所长说：好的。你记住，这两封信，都要求局长回函。我们等着，看局长先给哪封信回函。

茂平拿着信出去了。他先去了邮电局，从邮电局发走了一封信。他想，反正邮局走信慢，就让这封信先走吧。然后，他骑上车子，慢悠悠地去了民政局。他深信，邮车再快也没什么用，信还在邮箱里呢。

很快，他就来到了民政局。可是，局长不在。局长办公室的门锁着，信塞不进去。茂平想了想，把信交给了传达室的看门老头，请老头转交给局长。

老头瞟了他一眼，冷冷地说：放桌上吧。

茂平想，这封信，一定能最先到达局长的桌上。

茂平回来后，告诉所长，局长不在，信，请传达室老头转交了。所长笑笑，没吭气。

一周后，民政局回函来了。所长一看就说，是通过邮局寄走的那封信，回函了。茂平抓过回函看了看，脸刷地就红了。果然是这样，那封信的内容，他是知道的。

又过了几天，他送到民政局的那封信，才有了回函。

茂平很不明白，怎么会这样？

所长说：我说过的，有时候，曲线最近。

茂平说：真是奇怪，信，我当天就送到了民政局，怎么现在才回函?!

所长说：你没穿邮电局的绿衣裳，传达室老头不知道你的真实身份。也许，人家以为你是个不三不四的人呢！

茂平说：我又不是坏人，不就是一封信吗？

所长说：你没给老头买盒烟吸吧？

没有。你知道的，我不吸烟。

所长说：所以，人家没有理由给你办事。人家收邮电局送来的信，是公事公办。

茂平说：我要是当天见到局长呢？

所长说：你不是没有见到局长嘛。

茂平说：真复杂，城里的事，真复杂！

所长笑了：所以我说，有时候，曲线最近。选择曲线，是最明智的选择。

这时候，电话响了。

所长听了电话，一边点头，一边说：我们派人去，马上派人去。

所长放下电话，对茂平说：你去，三得利商店门前，有人打架，你去平息。

茂平怔了怔，蘸了口水在桌上画了一条曲线。然后，他开始拨打电话。先拨了110，又拨了120，再拨了社区居委会。拨完这些电话，茂平对所长说：让110去，如果打伤了人，让120送急救中心。最后，处理问题，还得依靠社区居委会。我最后过去，只要到场就行了。

所长笑道：茂平，脑子开窍了。

卧底

指导员要吴小手扮装成嫖客，到402房间卧底，也就是配合疾病控制中心，检查宾馆是否百分之百配置了安全套。

吴小手问：为什么要到402房间？

指导员说：不要问，你什么都不要问。去吧，给你补助二百块钱。

吴小手说：我不去，我意志薄弱，弄假成真了怎么办？

指导员笑了：成真就成真了，不是给了你二百块钱嘛，花呗。你半年没回家了吧？你就不想女人？

吴小手说：想是想，可染上艾滋病怎么办？

指导员说：问题就在这里，要不还派你去卧底？你是为大多数人的利益做贡献的。但你要记住，如果你忍不住了，想弄假成真了，你一定要戴套。如果宾馆没有百分之百配置安全套，检查组就可以处罚他们了。

吴小手问：警察来查房吗？

指导员说：他们查他们的，井水不犯河水。

吴小手很担心：大水冲了龙王庙怎么办？警察把我抓走怎么办？

指导员说：你放心，你没必要担心，一切都安排好了。你看你，像是得了抑郁症。一定是缺乏性生活所致。去吧，出去放松放松，就好了。

吴小手说：我还是不能去，我有阳痿，还有早泄。

指导员大笑，哈哈大笑。笑毕，指导员摸出一盒药丸说：吃吧，壮阳的。擎天一柱，可喜；蛟龙入海，可爱！

吴小手脸红了，脸色很红很红。

吃下药丸，吴小手的脸色更红，而且发烧，还嘣嘣心跳。吴小手耐不住心中的亢奋，往宾馆去了。

登记了402房间，很顺利就住进去了。之所以顺利，是他有异乡人的身份证。服务员看了看身份证，二话没说，就给他登记了。宾馆有规定，本地人是不能登记住宾馆的。

放水洗澡。吴小手将身上涂满了泡沫，用泡沫将自己变得很光滑，很鲜亮。吴小手一遍遍地用手指犁着肌肤，感到十分惬意。当他在大镜子里看到自己的裸体时，呼吸渐渐地急促起来了，下身也雄赳赳地威风起来了。很自然的，他看见了卫生间里有盒包装精美的安全套。

现在，自己即将是一名嫖客了，至少是名疑似嫖客。也许，很快就会有个女人进来，一同把这个安全套消费掉。消费完了，怎么办呢？把套子拿回去交给指导员吗？然后，由指导员转交给疾病控制中心？可这样的话，自己不就有罪证了吗？一想到会落下罪证，吴小手的心就毛了。

男人在这个时候是不该有任何杂念的。可是，吴小手有了。有了杂念，身体当即就做出了负面反应。吴小手感觉出了身体的负面反应，立即洗掉身上的泡沫，穿上了内裤。

有人叩门了，啄木鸟似的叩门。叩门的是个女声，说是服务员，来送开水的。

吴小手打开房门，一个女人闪了进来。女人一进来，就开始脱衣服，暴露出蕾丝胸罩和三角内裤。

吴小手慌了，明白她不是宾馆的服务员。

傻了呀，你不是男人吗？女人妩媚地瞥了吴小手一眼，然后，不由分说，张开两臂，将自己吊在了吴小手的脖子上。

吴小手的双手下垂着，不敢碰女人。

嫌我不漂亮？女人挑逗着吴小手。

你松开手，我给你钱，给你二百块钱！吴小手急歪歪地说。

急什么？先生，你还没要我的人呢，我怎么能要你的钱？女人说着，将钱抓到了手里。做我们这一行的，也是讲职业道德的。女人一边说，一边坏笑。

我怕你有病，你没有艾滋病吧？

放心，宾馆里不是百分之百配置安全套了吗？瞧，疾病控制中心考虑得多么周到！顾客真是上帝啊！

我不敢，我不敢用宾馆的安全套。用了，就有了证据，我嫖过你了，被警察抓住，就说不清了。

哈哈，聪明人，一看你就是个聪明人！谁愿意给警察送证据呢？你看，这是什么？我自己带的，超薄型的、彩色的、进口的！

女人说着，腾出一只手来，从胸罩里抓出个安全套。然后，女人给吴小手的脸上，印了个香吻。

吴小手被女人的香吻搞晕了，只觉得自己在变大、变大，变得无穷大；而世界在变小、变小，变得无穷小。

吴小手抱住了女人，紧紧地抱住了女人。

402 房间的门，就是在这时候被突然闯开的。一男一女两个警察冲了进来。

吴小手傻了。

女警察带走了女人，带到 401 房间审问去了。

男警察开始讯问吴小手，边讯问，边做笔录。

吴小手不知道自己说了些什么。

讯问完后，警察让吴小手在笔录上签名。然后，警察走进卫生间，察看了那只完好无损的安全套。

宾馆经理跑了进来，忙不迭地说：我们百分之百配置了安全套，经得起检查！

警察没有理睬他，而是对吴小手说：好了，你可以走了，回协管所去吧。

吴小手忐忑不安地回到了协管所，不敢与指导员对视。

指导员哈哈地笑着：你和那女的，弄成事没有？

吴小手说：弄成个屁。

吴小手摸了摸口袋，叫了起来：二百块钱，我给她了！我咋会给她呢，啥时候给的，我都记不得了！

指导员笑道：不见兔子不撒鹰嘛！

吴小手气恼地说：指导员，你为什么要派我干这个呢？

指导员说：怎么和你说呢？卖淫嫖娼是不法行为，但又是客观存在。它是艾滋病传播的一个重要途径！因此，政府要求宾馆，必须百分之百配置安全套。归结到一点，查处卖淫嫖娼必须让位于防控艾滋病。这就叫以人为本。

吴小手说：我也是人，谁以我为本呢？

指导员说：你这个异乡人，不是给了你二百块钱补助吗？你不会花，你怨谁？

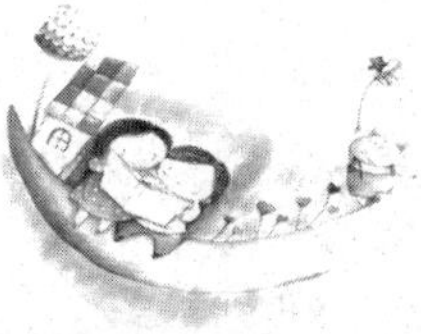

应急预案

火车站启动了应急预案。不能不启动应急预案了。候车室水泄不通，广场里人海人山。上车的旅客上不了车，下车的旅客出不了站。任何一个人，只要来到火车站，就会如同一滴水，顷刻之间，被人海淹没。

吴小手进入了应急预案。协管所的人员，全都被抽调到火车站，执行应急预案。

什么是应急预案？不知道。吴小手不知道。

指导员说：应急预案就是在非常情况下，迅速集结人、财、物力，确保公共秩序和公共安全的应急措施。

吴小手问：我们究竟做什么呢？人山人海，怎么下手呢？

指导员说：咱俩的任务就是引导西线的旅客去西站，让他们在西站乘车，减少中心站的压力。

吴小手问：西站能坐上车吗？

指导员说：不知道，我也不知道。听广播吧。

果然，火车站的高音喇叭响了。冬日里的高音喇叭，音色格外雄浑。“各位旅客请注意，各位旅客请注意！下面开始播送紧急通知：本站今天进入了春运的最高峰，本站开往各个方向的火车票都已经售完。为了保证各位旅客踏上愉快的旅途，本站启动了应急预案。往东线去的旅客，请到东站购票乘车；往西线去的旅客，请到西站购票乘车；往南线去的旅客，请到南站购票乘车；往北线去的旅客，请到北站购票乘车……”

广场上的旅客们骚动起来了，人流开始朝各个方向流动。

吴小手笑道：这样好，东西南北四个火车站，都有车坐，免得挤在这里当肉饼！

吴小手开始疏导西线的人流。往西站去，有三公里。坐公交车去，已不可能。公交车也是人满为患。那就走路去。只要西站有车坐，走几步路算什么？

指导员对吴小手说：咱只管西线，其他方向的，不管。我在前，你在尾，懂不懂？

吴小手点点头，表示已经听懂。瞬间，人流把吴小手和指导员冲散了。

吴小手淹没在人流里了，指导员也不见了。

吴小手却从人海里钻出来了。他跳到了一边去，看着往东西南北四个方向滚动的旅客。突然，他感到了忧伤，莫名的忧伤。

是的，他突然怀疑东站、西站、南站、北站是否有火车票了。那四个车站，他是知道的，全都是货运站啊。这就是应急预案吗？

吴小手又融入了人海，在人海里翻越。终于，他再次挤破了人海，找到了火车站值班站长。

站长正在为应急预案的顺利启动而振奋。应急预案已经取得了阶段性成果，站前广场滞留的旅客明显地少了许多。站长看见了吴小手，看见了他的胸卡。站长向吴小手抛出了疑虑的目光。

吴小手说：站长，我只问你一句，人都赶走了，到底能不能坐上车？

站长心不在焉地说：坐不上再回来嘛。

吴小手问：为什么要这样？

站长说：这是应急预案。

吴小手说：什么应急预案？分明是谎言！

站长说：就算是谎言，也是善意的谎言！善意的谎言是不受谴责的。

站长又说：我可以告诉你——这也是不得已而为之！你看看，广场上人山人海，上车的上不去，下车的下不来，我们怎么办？让旅客流动起来，先分散出去，哪怕再走回来，也总比挤在这里挨冻强吧？都挤在这儿，诱发高致病性人流感怎么办？诱发群体性踩踏事件怎么办？死了人怎么办？谁来负责？谁向国家负责，谁向人民负责？你想过吗？

吴小手摇摇头。他没想到过，真的没想过。因此，他无话可说。

走出了站长室，吴小手望着茫茫人海，不知道自己该怎么办。好多年前，吴小手坐火车，也遇到过一次春运高峰。那一次，火车站为了缓解压力，也是让旅客流动起来，工作人员牵着长长的队伍，在广场四周绕圈子。

想到这里，吴小手再次钻进广场，找到了去西线的队伍。吴小手把队伍拦腰掐断了，告诉人们：都跟着我走吧，我领你们走绿色通道！

有人高声问：你是谁？你能保证我们上车吗？

吴小手拍拍胸卡说：我是协管员！不要去西站，去西站上不了车！

吴小手领着队伍，走到了广场的边缘。然后，沿着广场的边缘，开始兜圈子。兜了一圈又一圈，队伍越来越大，越来越粗了，像根不断加粗的肠子。

吴小手想，就是带着他们绕圈子，也不要去什么西站。

这支队伍引起了站长的注意，站长看见了吴小手。

可是，队伍却渐渐失去耐性，变成了狂躁的游龙。有人大骂起来，骂吴小手是个绕圈子的浑蛋。终于，人们愤怒了，揪住吴小手的衣服，厮打起来。人们将吴小手打翻在地，踏上了一只只脚。

站长带人冲了过来，将吴小手架起来，塞进了救护车。

站长亲自整理了去西线的队伍。队伍向西，继续开拔。

守卫塔吊

必须守卫塔吊了。时常有人爬上塔吊，吸引公众的眼球。是的，制造眼球效应的，多是异乡人，多是讨薪者。也不是他们故意要扮谁的难看，故意要让谁出丑。而是他们拿不到工钱，拿不到活命钱。

吴小手被派去守卫塔吊。城市里有不少这样的塔吊。塔吊上挂着巨幅广告牌，牌上画着美女香车豪宅花园。有人爬上搭吊，是很震惊人心的事件。

吴小手守卫在塔吊下，瞪着雪亮的眼球，注视着每一个行人。任何一个行人，都可能会突然蹿上塔吊，成为电视新闻的猛料。吴小手不能放松警惕，不能对任何人掉以轻心。

有一个人靠过来了，靠近塔吊了。

吴小手一眼就把他看穿了。是个异乡人，是个神色复杂的讨薪者。

吴小手要他站住。吴小手喝道：不许接近塔吊！说你呢，听见了吗？

那人看了看吴小手，很认真地看了看吴小手。那人冷峻着面孔说：你是谁？谁的裤裆烂了，露出你来了？

吴小手扯了扯胸襟，指着胸卡说：我是协管所的！你的嘴巴吃屎了？这么臭！

那人眯着眼睛，瞄了瞄吴小手的胸卡。在这个过程中，吴小手的裤裆里蹿出来个响屁。

那人听见了响屁，呵呵地笑了起来。听你的口音，也不像是本地人啊！那人坏坏地说。

吴小手脸一红，知道那人在讽刺他。

那人见吴小手红了脸，又呵呵地笑了一遍。那人笑着笑着，也从裤裆里钻出个响屁，一个又臭又响的屁。

吴小手大笑，握住那人的手说：老乡，我可找到知音了！

两个人左手握右手，又摇又晃，又拍肩膀，成了兄弟。

吴小手说：哥，你真的想爬上塔吊，做空中飞人？

老乡叹口气说：兄弟，不瞒你说，老板卷着俺的工钱跑了！俺要是不爬到塔吊上去吆喝吆喝，老板就不会露面！

吴小手说：哥，丢人啊！你一爬上去，记者就给你照相，登在报纸上，丢人啊！警察还会把你带走，说你的事，更丢人啊！

老乡说：丢人又不丢我的人！咱是谁的人，咱自己都不知道！反正，咱不是咱自己的人！看在老乡的分上，你让我爬上去吧！

吴小手眼一瞪说：我告诉你，我在执行公务，你别想爬上去！

老乡也瞪起了眼睛：兄弟，那，哥可就不客气了，哥撵蹿你个丈人！

老乡说着，动起手来，打吴小手。

吴小手说：我不会对你还手的，你最好把我打死！我死了，算因公牺牲，公家能赔我二十万。我干一辈子，也挣不了二十万！你快打死我吧！

老乡停住了手。老乡望着吴小手，怪怪地说：你说什么，你能获得二十万赔偿？我怎么就不信呢！你的命咋就恁值钱?!

吴小手说：真的，我不骗你，我在执行公务！

老乡哭了起来：老乡和老乡，命咋就不一样呢?

吴小手劝道：哥，别哭了，回去吧，再想想别的办法！

老乡哭了一会儿，哭够了。老乡说：兄弟，这样吧，就算哥求你了，哥把你捆上，使个苦肉计，让哥爬上去，等哥要到工钱，给你提成！

吴小手冷冷地说：哥，你真要爬塔吊，就去别处爬吧，只要别让我看见，只要别在我这里爬！

老乡说：别处？到处都开过会了，每座塔吊下都有人看守，都不让爬！

吴小手说：反正你不能从我这里爬！你从我这里爬，倒霉的不就是我嘛！

吴小手说着说着，鼻子一酸，竟也哭了起来。

老乡说：兄弟，你哭啥哩？哭得俺心烦！

吴小手擦了擦眼泪说：哥，我不哭，我当回爷们给你看！

吴小手说完，三攀两蹿，爬上了塔吊。

吴小手在高空上喊着：我占领制高点，你敢上来，我就尿你！

老乡呆住了。老乡把双手围成了喇叭，对着塔吊喊了起来：兄弟，当心啊，别摔下来！

老乡的呼喊，引得路人注目。人们伸长了脖颈，望着越爬越高的吴小手。

围观者越来越多。有人开始拨打手机，向新闻媒体报料。也有人对着塔顶高喊：爷们，跳啊，跳下来啊！早死早脱生，辈辈都年轻！

报社、电视台的采访车开过来了，警车开过来了。

小商贩也跑过来了，吆喝着卖烟、卖饮料、卖望远镜。

吴小手很想在高空中撒一泡尿。

可他发现，不知什么时候，自己的裤子，已经尿湿了。这可真让他泄气，真让他羞惭！

吴小手从塔吊上下来的时候，老乡早已跑得无影无踪了。

警察不由分说，把吴小手塞进警车，带走了。

围观的人们哄笑着，报以热烈的掌声。

跳时代

当深圳那家大公司发生七连跳的时候，吴小手就预感到了什么。当那家大公司发生十二连跳的时候，吴小手便知道自己已进入了跳时代。是啊，人们仿佛着了魔一般，不知疲倦地跳来跳去，先是情人跳舞，再是人才跳槽，然后就是人们跳楼……几乎，每个城市，都有人跳楼，而深圳的那家大公司则发生了连环跳！

吴小手的任务就是上街巡逻，阻止那些可能发生的跳楼事件。一旦发现事件苗头，立即将肇事者拧走，拧到该去的地方去。可大街上却静得出奇。以往，人们扎堆儿的地方，看不见一个人影。建筑工地也是冷冷清清，看不到任何跳楼的迹象。

想到那些跳楼的打工仔，吴小手的心里就涌起一股莫名的同情。特别是流水线上的打工仔，被工作的快节奏折磨得疲惫不堪，伤痕累累。若不是自己及早跳出流水线，也许就会成为一个跳楼者，成为一个血淋淋的主角，用极端的方式向生存环境说“不”。

巡视的结果，令他满意。没有人跳楼，没有任何人打算跳楼，一点儿跳楼的蛛丝马迹都没有。

人们都在干什么呢？为什么没有人跳楼呢？

吴小手来到了一家俱乐部门前，看到这儿聚集着一些人。这里，从前发生过跳楼事件。吴小手充满了警惕。人们正在围观什么？围观跳楼者吗？吴小手挤进了人群。却没发现跳楼的征兆。人人手捧着一本书，正在津津有味地默读。人们在读书啊？读什么书呢？吴小手侧目一瞧，书名令他称奇：《慢生活》。

吴小手笑了。望着人们专心致志地读书，吴小手温文尔雅地笑了。

慢生活，多么雅致的生活方式！吴小手想。

吴小手走到许多地方，发现人们都在读这本书。他也听见了人们在轻声谈论。既然，赤手空拳地来到人世，既然，两手空空地离开人世，有什么必要脚步匆匆呢？生命的开端是玄妙的，是无中生有的，每个人最终都要朝墓地走去，为什么不慢慢地走向死亡呢？

听着人们的议论，吴小手不由得发出了感叹。《慢生活》这本书太好了，读了这本书，人们会自觉地放慢生活的节奏，好好地享受人生，总不会再有什么跳楼的事件发生了！

可是，他想错了。想跳楼的人还在酝酿跳楼。不在此处跳楼，就在彼处跳楼。跳楼是无止境的，是防不胜防的。关键是跳楼要跳出新闻性，要踩住社会的神经，要抓住人们的眼球。吴小手不明白这个道理，以为人们读了书，就不跳楼了，就可以高枕无忧了。

吴小手回宿舍睡了一觉，大白天睡了一觉。

吴小手醒来，是因为恍惚中听见有人在喊“跳楼了！”他吓出了一身冷汗，揉着眼睛，跑到街上一看，果然看见有人爬上了对面的楼顶。不用问，是个跳楼者。

观望的人已经站了一片，有人甚至高喊：“跳啊，怎么不跳了?!”很明显，这是一些幸灾乐祸的人。他们拿着望远镜，喝着饮料，坐在小板凳上，表现得兴奋异常，等待着欣赏“惊人一跳”。

得把这个兄弟拉下来，不能让他跳楼！吴小手冲了过去，对着楼顶的人喊道：“兄弟，下来吧，我知道，你是搞行为艺术的。你看，这么多人等着看你表演呢！”

听吴小手这么一喊，观望的人哈哈哈笑倒了一片。

吴小手这么喊，是前几天看过一篇文章。文章上说，有个明星把自杀说成了行为艺术。

楼顶上的人说话了：“我就是搞行为艺术的！一会儿，你们可要鼓掌啊！给我鼓掌，也是行为艺术的一部分啊！”

“跳楼秀，不折不扣的跳楼秀！”观望的人笑道。

“狗屁，让他自己秀去吧，我们不看了！”观望的人，开始溜号了。

很快，人们就走光了。

人们走的时候，没有再向楼顶多望一眼。行为艺术嘛，人们见得多了。都是大同小异，见怪不怪了。

吴小手悄悄爬上楼顶，将那个搞行为艺术的人，扯了下来。

会接生的乘客

“旅客们请注意，旅客们请注意！现在寻找会接生的医生！本次列车有位孕妇即将分娩，请会接生的医生到五号卧铺车厢……”

吴小手听见了广播。听见广播，他就来到了五号车厢。

五号车厢禁止通行！有人拦住了吴小手。

我当过医生！不是有人要生孩子嘛？吴小手说。

你会接生？对方狐疑地盯着吴小手。

请相信我，我会接生！

笑话，你一个男人，你会接生？

我不骗你，我的两个孩子，都是我接生的！

你说什么？你给你老婆接生……肥水不流外人田吧？哈哈哈哈。

车厢门口的人，全都哄笑起来了。

吴小手很尴尬，很脸红。看来，就是说破天，也没人相信他会接生。

他真的会接生。吴小手的两个孩子，真的就是他从老婆肚子里掏出来的。从前，吴小手在小镇当医生，啥病都敢看，当然，也敢接生。有一次回老家，见到一个鼻涕孩儿，孩儿他娘对吴小手笑道：呵呵，这孩子，还是你接生的呢。

可现在，没人能给吴小手作证。

五号车厢里面的孕妇，“娘啊娘啊”地哭喊连天。

孕妇的男人从车厢里探出头来，急歪歪地说：要出人命了，还没找到医生?!

有人指着吴小手说：他说他当过医生，他说他会接生！

孕妇的男人用眼睛剜着吴小手：你怎么是个男的？男的不行！

有人窃笑起来。孕妇的男人把头缩回去了。

有人问吴小手：你说你是医生，你有行医证吗？

吴小手摇摇头说：现在没有，过去有。过去，我在小镇当医生，行医证就挂在墙上。现在，我不是医生了，但我还是会接生的！

有人哂笑：哦，这不是在小镇，这是在特快列车！

又有人警告：你现在敢接生，你就是非法行医！

吴小手说：不是广播找医生吗？我当过医生，我才来的，我接过生，我才来的！我又不是以经营为目的！你们不相信我？可以看我的工作证！

吴小手说着，拿出了一个皮夹子。皮夹子里有钱，有工作证，有照片。工作证可以证明他现在的身份是城市协管员。照片是一家四口人的合影，可以证明他是个有老婆、孩子的人。

人们的眼神很冷漠，没人相信吴小手，没必要相信吴小手。火车上乘客这么多，一定会有正规的医生！

五号车厢里的孕妇，仍在“娘啊娘啊”地哭喊，撕心裂肺一般。

有个金发碧眼的洋女人奔了过来。洋女人手里举着一个“红十字”封皮的小本本，用生硬的汉语说：我是医生……我是医生！

洋女人举着小本本进到五号车厢里了。可她很快又退了出来。她耸着肩膀，连声说：难产，难产，没办法，没办法！

没有金刚钻，揽啥瓷器活儿?！人们对洋女人投射着白眼。

孕妇的哭喊声，再次从五号车厢里传出。

吴小手忍不住了，对洋女人说了几句英语。

洋女人高兴地叫了起来，不由分说，拉上吴小手，闯入了五号车厢。

守在门口的人们来不及做出反应，吴小手已被洋女人拉入了五号车厢。

人们揪着的心，悬了起来。

时间一秒一秒地过去。突然，五号车厢里传出了婴儿嘹亮的啼哭声。“哇啊！哇啊！哇啊！”婴儿哭得惊天动地。

围在车厢门口的人们，哗哗哗鼓起掌来。

洋女人把吴小手从五号车厢里送了出来。

产妇的男人没有出现。

有个大盖帽走过来对吴小手说：你的火车票呢？拿出来看一下。

吴小手看看大盖帽，心想：车票在皮夹子里，怕你查票吗？

大盖帽又说：从你一上车，我就注意到了你，跟我走一趟吧！告诉你，除了补票，还要罚款的！

吴小手默默无语地摸着衣兜。摸着摸着，脸色突变。自己的皮夹子不见了！

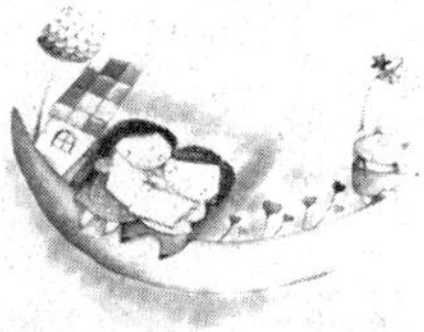

你摸了谁的肩膀

吴小手不知道，这也是城市的一种状态。什么状态？老牛拉破车的状态，很糟糕的状态。这辆破车，叮叮咣咣，走走停停，在两个红绿灯之间，停了三次。你说糟糕不糟糕，你说要命不要命？

司机喊大家下去推车。司机喊推车的时候，眼睛瞟着每一个人。瞟到吴小手的时候，吴小手的热血沸腾了。

车上的人，下来三分之二。破车被推起来了，吭吭哧哧地向前爬了起来。

吴小手跳上车，却发现自己的座位被一个女人占领了。

这是一个很风光的女人。也许，正因为风光，她没有下去推车。没推车就没推车吧，弄脏这样的女人，上帝会惋惜的。

可女人没有理由占据别人的座位呀。于是，吴小手请女人站起来。

女人瞥了吴小手一眼：你说什么？你的座位？哪儿写着你的座位？

吴小手说：我下去推车了，我就是坐在这里的，而你，原来是站在我身边的。

女人一声嘲笑：笑话！我站在你身边？我凭什么站在你的身边？你是谁？你值得我站在你的身边？

吴小手说：我是一名普通的乘客。如果，你是一位老人，我给你让座。

女人呼一声站了起来：你说什么？你敢说我是老年人?! 你在我面前装嫩？

女人大呼小叫，凶着吴小手。女人丝毫没意识到，为了表达愤怒，自己从座位上站起来了。就在这一瞬间，座位被一个小孩子抢占了。小孩子啃着冰淇淋，若无其事地望着车窗外。

女人一时哑嗓，不知该怎样对待孩子。

忽然，车身剧烈地摇晃起来，车厢里的人，一个个被颠得东倒西歪。

吴小手的身子向女人贴了过去，身不由己地贴了过去。吴小手不知道怎么会这样，脚底板踩不住车厢了，踩不住地球了。

女人怒不可遏地叫了起来：你要流氓啊，摸我的肩膀！

吴小手抓住了扶手，总算站稳了脚跟。吴小手冷冷地瞟着女人：你的肩膀值得我摸吗？你又不是电影明星的肩膀，摸你的肩膀又不给钱，我摸你的肩膀，做甚呢？

车厢里一阵哄笑。吴小手和女人的对话，人们都听见了。

女人仍然在尖叫：你必须向我赔礼道歉！不然的话，我打110报警，让你去派出所说话！

吴小手说：好呀，你把警察请来，警察会相信你吗？也没人给你作证呀。你看，我的手在这里，没在你的肩膀上啊！

车厢里又是一阵哄笑。

车又坏了，又走不动了。真是一辆破车。

女人已经掏出来手机，哇哇哇地报了警。

110巡逻车停在了这辆破车的门口。一车人都下来了，多数人发誓不再坐这辆破车，甩步离去了。只有几个想看热闹的人没走，留了下来。

警察听了女人的控诉，冷冰冰地问吴小手：你为什么摸人家的肩膀呢？你不知道，这是性骚扰吗？

吴小手在警察面前举起手说：同志，请您看清楚，我的手在这里，并没在她的肩膀上。对吧？就算是有人指控我性骚扰，总得调查取证吧？

警察咳了咳嗓子，转身问围观者：你们是从车上下来的吧？刚才，你们谁看见了，他的手摸她的肩膀了？

围观的人"哗"一声都笑了，都摇头说没看见。

这时候，吃冰淇淋的那个小孩子说话了。小孩子指着吴小手说：我看见了，汽车坏了，这位叔叔下去推车了。叔叔原来是有座位的，可后来，座位被阿姨抢占了！

吴小手心一热，摸了摸小孩子的小脑瓜，滚圆滚圆的小脑瓜。

警察呵呵地笑了起来，警察一边笑，一边对吴小手说：她是个女同志，你就给她道个歉，让她走，算了。大家都堵在这里，影响交通啊。

吴小手看看警察，然后，盯着女人说：好的，我向你正式道歉！可是，我必须声明，我根本就没有与你发生任何肢体接触！我可以随你到公安机关检测，看你的肩膀上有没有我的手印。同时，我也希望你自重，不要在伤害别人的同时，也伤害了自己！

围观的人哄堂大笑。吴小手哪里是在道歉，分明是在批评那个不知自重的女人。

警察没有笑。警察对女人说：好了，你可以走了，我要把他带走。当然，如果，你想一同去，也可以。

女人剜了警察一眼，又剜了吴小手一眼，甩着猫步离去了。

警察让吴小手坐上摩托，一直把他送到协管所。吴小手下了车，请警察进门喝茶。

警察说：兄弟，我一眼就认出你了，协管员同志！

警察又说：兄弟，如果你真的摸了人家的肩膀，也没啥！但你千万别说啊！一辈子烂在肚里吧。

水中望月

民工茂恩跟民工茂林茂田们说，咱去公园看跳舞吧？茂林茂田们就裤裆里夹着轻松的响屁，跟在茂恩的后头，涌进了公园的夜。

月亮弯弯地笑着，把爱洒向公园的夜晚。

露天舞场被公园的小河锁着，小河细细弯弯地绕成了一个环，舞场就在这环的中央，像个孤岛。

茂恩们有夜色掩护，很大胆地唱着“妹妹你坐船头啊”，就来到拴着一批船的桥头。七孔桥如一把锁，进舞场必须用一块钱的门票当钥匙，才能打开这把锁。

茂恩们就立在桥头，隔岸观舞，向舞场馋馋地发射眼球。

舞曲波澜壮阔，舞姿波涛翻滚。

现在跳的是慢四！茂恩说，知道吗，慢四又叫布鲁斯！舞点是嘭－嘭－嚓、嚓！

茂林茂田们就说，俺们哪有你吃的麦子多，你是初中毕业。

茂恩说，咱那叫啥球初中！城市人初中生都会跳舞，你们看，那边那个小半拉橛子，不是刘科长的儿子！

茂林茂田们就看见了刘科长的儿子与一位花枝招展的姑娘蹭着肚皮。

茂林说，谁让咱是农民哩，谁让咱是民工哩。

茂田不愿听这话，农民咋了，民工咋了，咱不是来挣城市人的钱了嘛！茂恩，咱买不起舞票？一块钱一张！

茂恩说，你们抬个球杠，我去买票吧？一人一张，咱几个都进去，谁不进去谁是那个！茂恩说着，用手比划出一种爬行动物状。

茂林茂田们就说，你请客，我们当然进去。

茂恩就真的到售票处买票。茂林茂田们就做出潇洒风度状，很滋润地跟着茂恩往桥上走。

售票的是一位小姐，穿一种像汽车内胎一样饱满的裤子，茂恩指出这叫健美裤。小姐脸上露出桃花一样的笑容，很让人想入非非。小姐甜甜地说：对不起啦，衣冠不整，谢绝入内啦！

茂恩们像给火焰山烤了，顿时就有一种无地自容的感觉。想起来一定是自己汗臭的衣裳和露着“大舅哥”的破胶鞋，让小姐给当成了流亡无产者。

茂恩们就觉得到城里后已经刷白的牙齿又开始发粘发黄了，竟无一丝力气向小姐宣讲金钱面前人人平等。小姐又一次露出灿若桃花的笑容：几位哥哥，别介意嘛，我也当过农民！也是好心不卖给你们票！想一想，你们进去和谁跳？不跳，进去干什么？小姐这一次说话，使用了茂恩们家乡的那种语言，一种很亲切的农作物的味道。

就把茂恩们一个个给弄成了感叹号。

茂恩们悻悻地回到了小河边。茂恩闷猴一样爬上了河边的柳树，大伙儿也都攀了上去。茂恩们点上了香烟，悠然地眺望着露天舞场。舞场里的城市男女们煮饺子一样翻滚不已。

茂恩们嘴上红红的烟火映在了小河里。红红的烟火离小河里的月亮很近，像要爬到弯弯的月亮上去。

雾里听歌

粉桃挺着雄赳赳的肚子，牵着茂财的衣角，昂首跨进公园里的卡拉 OK 歌厅。

粉桃被茂财招到城里来打工，一不小心就被茂财发展成了老婆。刚开始，粉桃被茂财派做厨娘。粉桃蒸出的馒头和粉桃的名字一样秀色可餐，众民工都说爱吃，民工头头茂财比别人更爱吃而且有机会爱多吃。有一天下午，茂财来吃馒头的时候，取得了突破性成果，使粉桃由厨娘变成了婆娘。茂财说，粉桃，我要叫你像城市人那样生活，像城市人那样工作。粉桃在翌日清晨，便做起了民工队的会计。

粉桃就有了茂财播种的希望，这希望使粉桃逐渐成长为楚楚动人的孕妇。茂财不止一次在黑暗中将耳朵俯在粉桃的便便大腹上，倾听粉桃肚皮里优美的胎音。

我们应该对孩子进行胎教。民工头头茂财对妻子粉桃说。

粉桃说，那你去买录音机，我爱听成方圆的磁带。

茂财就上街买了个“随身听”，通过粉桃的耳朵，让粉桃肚里的憨娃听成方圆唱歌。茂财没有买台式录音机，他不想让茂恩、茂林、茂田这些愣货来凑热闹。

粉桃说“随身听”不过瘾，没有音响效果。

茂财听了粉桃说“音响效果”，就吃了一惊，不知粉桃啥时上了档次，就哄粉桃，你想要音响效果，咱就上公园的卡拉 OK 歌厅。

粉桃说，就去公园的卡拉 OK 歌厅。茂财和粉桃在歌厅的火车座上刚坐下，就有小姐端上了菊花茶和五香瓜籽，还有一本供点歌用的曲目单。

茂财曾经请刘科长来过歌厅，懂得些套路，就揽住粉桃的肩头，俯耳做着说明。

粉桃第一次知道卡拉 OK 就是拿着话筒对着电视画面唱歌，也第一次知道城里人卡拉 OK 时要喝茶嗑瓜子，便也学着茂财的样子，享用起来。

有一男一女正在唱《纤夫的爱》。男的是个大老头子，女的是个大闺女。男的唱哥，女的唱妹，唱得天旋地转。粉桃就掐茂财的胳膊，低声说，还哥哥妹妹哩，男的可以当女的爹哩。

茂财示意粉桃不要胡说。茂财说，那男的就是刘科长，女的是刘科长的那个。

粉桃就不敢再胡说，怕刘科长听见，也怕自己肚里的憨娃听见，胎教时可不敢灌输反对上级领导的胡话。

粉桃就静下心来，听刘科长和刘科长的那个唱了一曲又一曲。

茂财告诉粉桃说，刘科长手里拿的话筒，又叫麦克风，一个高级的麦克风，敢卖一千块钱。

粉桃脑海里就浮现出了一千块钱可以买多少斤麦子。

这时候，就听刘科长和那个女的开始唱一段京剧，是《沙家浜》里的智斗，也就是阿庆嫂、胡司令、刁德一那段对唱。这段对唱，粉桃小时候就熟悉。那时候，村里有个剧团，粉桃她爸演胡司令，粉桃她妈演阿庆嫂，刁德一就由茂财他爸来演，茂财他妈演一个抗日群众。后来，村里的娃娃剧团也演戏，粉桃就当上了小阿庆嫂，茂财就当了小刁德一。

粉桃想到这里，就进一步觉得她和茂财的爱情是有基础的。想到爱情，粉桃就激动，就扯茂财，轻轻地说，俺也想唱，咱俩唱《沙家浜》。

茂财心说，咱俩一唱把人都得吓跑。茂财就不想唱，就想出几句话说，唱一支歌十块钱，你舍得？茂财说这话的时候，是城里人那种“妻管严”的神态，很让粉桃惬意。

粉桃就中了茂财的笑里藏刀计。

粉桃说，十块钱就不唱了吧，咱光坐这儿听，不要钱吧？

茂财说，咋不要钱，一进门，就是十块，给你一杯茶，一小碟瓜子。吃吧，喝吧，咱二十块钱已经花进去了，只要咱不唱歌，坐到半夜都不再加钱。

粉桃就摸着肚皮笑了，笑得很满足的样子，就静下心来听歌。

哈哈镜

吃晚饭的时候，民工头头茂财对茂恩们说，城里人时兴过周末，咱弟兄们就不兴也过一次周末？

茂恩等茂字辈的弟兄们就都兴奋地竖起了耳朵。

茂恩们经常在公园的夜色里野逛，还真没见过哈哈镜呢。茂财说，哈哈镜是专门逗人笑的，不看不知道，一看哈哈笑。

听茂财一说，大家就很想去看，就很想去笑。

但是茂恩却说，茂财哥，你看这样中不，你把买票的钱发给俺，你太忙，别和俺一块去了，俺几个厮跟着去，你还能不放心？

茂财说，茂恩，你说这话就不高级了，这是一次集体活动。茂财又说，同志们，集体活动我带头参加，都不能搞自由主义。茂财对茂字辈讲话的时候，也时常用用“同志们”，他认为这个词很好，很有凝聚力，很能够统一茂字辈的步调。但是茂恩们听了“同志们”以后，却在心里发笑，笑茂财道貌岸然，像个国家干部。

茂财知道，茂恩们想自个儿结帮去公园里疯。他可不敢让茂恩们失控，得加强他们的组织纪律观念。茂财说，公园里前天晚上出了个事，有个老干部乱搞女的，被人给绑了，绑到石凳子上，冻了一夜，有人说是几个民工绑的。

听茂财这么一说，茂恩们脸上都挂了感叹号。

茂财继续说，公园是综合治理的重点，民工是犯罪嫌疑的重点，咱可不敢上社会上乱啊。

茂财说后一句的时候，特别语重心长。

茂恩嘟哝说，咱会惹那个骚？城里人时兴乱爱。

茂字辈一听，全都露出了黄色的笑容。

茂财收了笑容说，走吧，吃罢饭咱就走，上公园去看哈哈镜，让你们粉桃嫂子看家。

粉桃撅着嘴说，俺不看家，俺也上公园去看哈哈镜。俺肚里怀了你的娃儿，你不想让咱娃儿在俺肚里笑？

茂财赶紧说，让笑让笑，都去都去，锁上门，咱走哇。

茂家军就一呼百应，相互厮跟着，照直朝公园走。月亮明晃晃的，映着人影，映得粉桃像肥鹅一样晃着肚子。粉桃悄声说：茂财，你咋这么阔利？给他们买票看电影，又带他们去看哈哈镜？

茂财说，你别问，到年底你数数咱挣的钱就明白了。茂财这样一说，粉桃就笑了，就学着城里孕妇的样子，搂着茂财的胳膊，亦步亦趋，阔步前进。

到了公园，茂财买了哈哈镜门票，茂恩们就鱼贯而入了。茂财牵着粉桃进去的时候，茂家军像才喝罢笑和尚的尿，已经哈哈地笑倒了一片。

茂财以前看过哈哈镜，现在还是憋不住要笑，他笑自己成了大肚子老板，更笑身边的粉桃，拖着肥硕的肚子，成了猪八戒他二姑。粉桃就撕茂财的嘴，茂财就拱到了茂恩们堆儿里。茂恩们正在哈哈镜里展现着不同的风度，或颀长、或短粗、或凸凹、或扁平，都像是妖怪，越看越像，越笑越像。

茂财就问，咋样，不看不知道吧，一看哈哈笑！

茂恩就说，这地方真该天天来笑笑，咱就忘了咱是干啥的啦。

茂财说，也不能老来笑，老来笑就笑成了兔子嘴，连草都吃不香啦。茂财又说，城里人精吧？弄几块镜子就能把人逗得笑死了。

茂恩却不再笑了。茂恩说，茂财哥，以前我从没哈哈大笑过，你说为啥咱到了哈哈镜面前，就一定会憋不住要哈哈大笑呢？咱不笑不中吗？

茂财说，我听不懂你的话。又说，你能，你老能，你不笑一个，给我看看？

茂恩就绷紧腮帮，把严肃的面孔投进了哈哈镜。但他到底没憋住，还是笑了，并且捂住肚子狂颠不止，脸上挂满了泪。

碰碰船

民工茂恩茂林茂田们，连着几天都在公园夜色里混，有时爬到露天舞场外的柳树上，观看城里人跳舞；有时飞奔在小树林里，给亲嘴的情人们闹闹心。

他们不能去跳舞，就是买了票也没人和他们跳，他们也没有西装、领带和皮鞋。他们就更不能在公园的小树里谈恋爱了，就是有了对象，也不能带到城里来耍，一般情况下，就在村里直接把对象变成老婆了。

茂恩们都恨自己的出身，农民是翻不了身的。工头茂财花两万块钱买了城市的户口又咋着？还不是把农村姑娘粉桃发展成了老婆？

茂恩们在公园的声色电光里悠荡。茂恩领头，狼一句虎一句地吼着：妹妹你坐船头哇，哥哥在岸上走！无滋无味地过一过干瘾。

就发现了新的去处。

是船，是一些花花绿绿的塑料船，像巨大的面包一样泊在假山前面的池塘里。灯光下，有个满脸菊花的妇女在招揽生意。来呀，师傅们，坐碰碰船呀。

什么，碰碰船？

茂恩们听见新鲜的名词，就很新奇，就很兴奋。脚板就粘了糖稀，就拨不开步子。

已经有两个城市青年上了船，很快就启动了马达，面包船陀螺一样在池塘里旋了起来。两个城市青年握着方向盘，不是各走各的道，却是拼了命往一起撞，撞得两条船像晕头转向的猪。越撞，两个人笑得越狂。

就看傻了茂恩们。

撞他个丈人儿，撞他个丈人儿。渐渐地，茂恩们好像在默默地为城市青年加油了。终于，茂田不小心把“撞他个丈人”嘟哝了出来。

茂恩就拿眼睛瞪茂田。让人家听见了，不扇你个鳖孙？

茂田就陪了笑，不敢再喊，也怕城市青年误会了，以为攻击了人家的岳父。其实，乡下人说“丈人儿”就和城里人说“×××”一样随便，口头语，一高兴就说了。

城市青年又疯了一阵子，然后上岸走了。

池塘边就剩下不过瘾的茂恩们。

月色很好。招揽生意的妇女很好。她很和蔼，很可亲，让茂恩们读起来像大娘也像大嫂。她对茂恩们说，上船玩玩吧，碰碰船比碰碰车好玩，我优惠你们，一人一块钱。

碰碰船？碰碰车？怎么都是碰碰啊。茂恩们心房就咚咚地像马跳。茂恩正想问问池塘水有多深，茂田已经拉着茂林几个人蹦到了船上。茂田说，茂恩哥，俺几个人都是坐船头的妹子了，你一个人当岸上的哥哥吧。

茂恩就笑，你个丈人儿，想当俺的妹子？先回你娘肚里，重新计划一次吧。骂着，笑着，也蹦到了碰碰船上，才发现船帮是像皮的。

茂恩们一共六个人，就分乘三条船，“哞儿哞儿”地把船开了起来。

就荡起了漩涡，就扬起了浪花。

小船儿嘭嘭地对撞着。茂恩们就头晕了，就目眩了，就像疯子一样哈哈大笑起来。

茂田想站立起来，想学海军将军的样子，一手叉腰，一手挥向前方。可是他的动作还没有到位呢，就被茂恩的船给撞翻了。茂田和开船的茂林就掉到了水里。

茂田从水里爬起来，水位不深，才到肚脐子。茂田和茂林抹着脸上的水珠，指着茂恩说，你个丈人儿！你个丈人儿！

茂恩笑道，俺个丈人儿，俺个丈人儿没翻船，那边还有碰碰车呢，你俩敢不敢坐？

茂田茂林一齐说，你个丈人儿敢坐，俺个丈人儿有啥不敢？

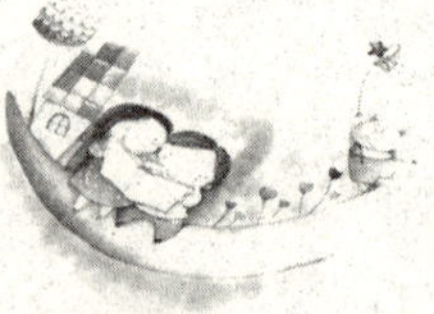

滑滑梯

天色微亮，茂华小心翼翼地翻开了被子。他翻被子的动作犹如蜻蜓翅膀掠过水面，不敢出声。茂恩们这时正“赤肚儿”睡在梦里。茂华不想惊动他们，他们老说茂华心眼憨，发不粗长长不长。茂华今天要粉碎他们的说法，要独个到公园里潇洒走一回。

茂华像推了小车样跑得飞快，就踏碎了公园早晨的露水，就将褂子后身张扬成飘舞的旗帜。

露天舞场已经飘响了音乐，有一些男男女女拥抱着，跳起了欲望的舞蹈。茂华就想，城里人真浪漫，早上一起来就蹭肚皮子。

茂华不像茂恩他们那样，喜欢看城里人跳舞。茂华穿过了小树林，溜进了儿童乐园。这里的黎明静悄悄，木马、秋千、滑梯、小火车们，静静地等着他来揭开昨天的封条。

在太阳照耀的白天和月亮照耀的晚上，茂华曾经走进儿童乐园。城里孩子们和孩子的大人们，开心的笑声，犹如滚烫的开水煮痛了茂华的心脏。茂华就想哪一天早上来一趟，在儿童乐园里寻找飘逝的童年。

茂华攀上秋千的跳板，用力荡了起来。这动作他是向猴园里的猴子学的，一看就会。荡啊荡，茂华就像飞起来一样了。茂华就想，减去三十岁，自己一定能荡得更美，更像小燕子。

荡得高兴，茂华又想滑滑梯去，就攀上了大象滑梯的尾巴，很快就爬到了大象的脑袋上，却不往下滑，他有些担心滑到下面会摔疼屁股，也许会摔破脑袋。这想法一露头，茂华就批判自己，时光倘若倒退三十五年，重新当一次小孩子，哪会想到怕摔？一批判了自己，茂华就有了勇气，就闭了眼睛，心里哎呀一声加了把油，屁股用力一蹭，就飞起来了。当然就落到了大象鼻子下面。茂华也就真的摔疼了屁股。大象好像要用鼻子将他卷起来，甩到天上去。茂华笑笑，摸了自己的屁股，又爬上了大象的屁股。

就一次一次从大象的鼻子上飞落下来，也一次比一次落得轻盈，犹如一片成熟的秋叶。

又想骑木马去。小火车不稀罕坐，茂华到城里来，坐过了真正的火车。木马都焊在一架大圆盘上，有马有驴。茂华摸了这些木马的头就笑，笑这些货门在农村里都是牲口，城里人把它们弄成憨乎乎傻叽叽的样子，让孩子们骑。真要是退回去四十年，茂华才不稀罕骑这些假货哩，农村小孩儿都是在真驴真马背上耍大的嘛。但是现在茂华却想骑上这些假货，当一次城市的孩子。

可是骑上去，木马却不走，也不摇也不晃。

茂华想明白了，没有通电。不通电，木马就不转，茂华就很遗憾。就下了木马，又不甘心，就用力去推木马。木马犹豫着，吱吱扭扭往前转了转，给了茂华一个面子。茂华就赶紧爬上去，一爬上去，木马就不愿意，就又停下来不走。

茂华只好叹气，只好从木马上下来。下来还是不甘心，猛一用力，就将木马推得转了好大一截子。这一回，茂华才将叹气转换成了松气，就有了些许扬眉吐气的样子。

朝阳已经跳起来了，跳到了公园的天上。茂华就想起了茂恩们，相信自己比茂恩们多了一种收获。又想起来工头茂财和他老婆粉桃，这两口子从今儿往后也不用再使唤俺了。他俩比俺小十几岁呢，不能再像马像驴一样听他俩吆喝。

茂华今天就要回老家去了。回去要给自家的孩儿、妮儿讲城市公园，讲秋千、讲滑梯、讲木马。

想到就要告别公园，茂华就依依不舍，就跪了下来，给大象滑梯磕了三个头。

太阳红艳艳地照在他头上。

网上腾飞

工作无意间听见了公园里一对男女的谈话。男的说，走自己的路，让别人说去吧。女的就很激动地嗯了一声。工作就知道那男的是在鼓励女的勇敢地走向无边无际的田野。

工作也被那男人说的名人名言给激动了，心里就想起了自己要干的事情。公园的灯火把工作那十二岁的脸蛋染得很深沉。

公园里的跳跳床磁石般地诱惑着少年工作。工作老早就想到跳跳床上去蹦一蹦。看见城市的孩子，有爹娘领着蹦跳跳床，工作就想起了自己没爹没娘，就鼻子酸酸的，像泡了醋。

工作是跟着三叔茂财来当民工的，茂财叫工作对外人不能说十二岁，要说十六岁。茂财还给工作原来的名字改了，叫他用“工作”报大名大号。告诉他，“工作”就是城里人，就是挣钱。工作在村里小学上过三年，也若有所悟地知道“工作”就是当工人，就是不用汗水砸土坷垃。工作跟着三叔干工作，三叔每个月给工作五十块钱零花，干活儿儿也累不着。工作也学着三叔和粉桃的样子，买了牙膏牙刷，蹲在水管边上噌噌刷牙。工作早晨刷完牙，就站在城市的马路边，看城市的孩子们背着书包上学。

工作就有了在城市学校读书的想法。

三叔说，你要读书？城市的孩子像你这么大都该上初中了，你能跟上班？再说，几千几百的学费咋办？

三叔的话把少年工作的美梦击成了随风飘落的肥皂泡沫。

三叔又说，你去上学，五十块钱的零花就没有了。就这，你茂恩叔茂林叔茂田叔们都说我偏心自家侄子哩。

三叔的话终于使工作明白了一个道理，工作着是美丽的。三叔为工作编织了一面神圣的旗帜。

工作只有更努力地工作了。日落黄昏，就和叔字辈们逛城市的公园，有滋有味地观赏城市的男人们、女人们谈情说爱。工作却不怎么喜欢看城市的人们在露天舞场里跳舞，他觉得城市人跳舞的样子很傻，好像你提着我的心、我吊着你的胆。工作就寻找属于少年抑或是儿童的那一份乐园，就远远地望见了蒙古包形状的跳跳床乐园。

跳跳床是用特殊材料编成的网，四周也用尼龙绳编织的网拦着。孩子们在跳跳床上蹦，也就是在网里蹦，却摔不倒，反而弹跳得越来越高，边跳边叫，像无忧无虑的小鸟儿。

工作走近了跳跳床。城市的人们轻轻地乜了他一眼，又全都把目光洒向乐园里的孩子。他们对工作熟视无睹，工作不过是一个非城市的命题。这就让少年民工十分自卑，自卑得连使用随地吐痰一吐为快的心境都没有。

城市的孩子们在跳跳床世界里自由飞翔。

工作就坐在一只石椅上望着城市的乐园。工作已经准备好了两块钱，一旦城市的孩子们离去，他就去购票，就到跳跳床上蹦个痛快。

夜深了下来。城市的孩子们走光了。

工作就鼓足了勇气，啪地将两块钱甩给了售票的姑娘。

姑娘却啊依啊依地向工作比划了起来。

姑娘原来是个哑巴。

工作狡黠地笑了。工作不顾那姑娘大动作比划，收起钱就爬到了跳跳床上。工作屏气收腹，纵身一跃，却重重地摔在了网上。

怎么跳不起来呢？工作趴在网上，恨不得哭出声来。工作扬起来头，发现跳跳床不过是个硕大的笼子，四周是网的嘴巴。

哑巴姑娘在笼子外面向他发笑。

爱　人

茂恩对茂林说怪想媳妇。茂林也说怪想。俩人就开了个小会议，形成个决议：往家捎信去，叫他俩的媳妇厮跟着来城里。

茂恩的媳妇叫爱玲，茂林的媳妇叫秀婷，都是百里挑一的俊媳妇。不但俊，而且听话，接到信就来了，茂恩和茂林乐呀乐呀的，一遍一遍地洗脸洗脚，还唱“心太软”。

晚上，吃饱了饭，就把媳妇带到公园里耍去了。

公园的夜色真是美好，声色电光让人满目生辉。看过儿童乐园，又去看露天舞场，最后来到中心花坛，看健美操。

跳健美操的都是些城里的女人，能看出来都是些生过孩子的媳妇，奶大肩宽屁股圆。她们跳得可真好看，随着动听的音乐，翩翩起舞，一会儿像摘棉花，一会儿像翻瓜秧，一会儿像点豆粒，一会儿像割麦子。爱玲和秀婷越看越美气，忍不住叽咕：咱在农村里干活儿咋就不成这么个景呢？

茂恩和茂林就笑她俩：人家这叫艺术，咱那叫刨土坷垃！

爱玲就说：城市真好，比划个啥，都是艺术。

秀婷也说：真是好，俺俩哪一天也来学健美操。

茂恩和茂林一起笑起来：能的你俩，一身柴禾味，只怕人家不收你们。

四个人饱餐着公园的夜色，又将欢乐播种到了梦里。

爱玲和秀婷真的就留在了城里。她们的丈夫早就给安排好啦，让她们去公园打工呢，伺养花草哩，一天也不少挣呢，公园给开十块钱哩。爱玲和秀婷都美得不能行，走路也像踩了鼓点。当然，首先是她们很爱劳动，特别是很爱在城市的公园里劳动。伺养花草算是干活儿吗？一天给十块钱呀！多么美丽的城市呀，在家里种庄稼，那也是满眼绿色，可咋就和城市公园不一道劲呢？

爱玲和秀婷就将城市的公园打扮得万紫千红。是呢，她们也在心里播种着自己的春天。某一天，她们向自己的丈夫提出一个要求：想参加公园里的健美操培训班，一个月交五块钱学费。

茂恩和茂林想也不想就批准了。两个男人心里都说：女人嘛，该美的时候就得让她们美一美。

他们没有理由不答应。媳妇没来的时候，他们老去公园里看城市女人跳健美操，有时候连着看十几天，早上看，晚上看。他们老早就想过，自己的媳妇要是加入健美操的行列，一定会和城市女人一样美丽。

果然是这样，爱玲和秀婷很快就把健美操跳熟了，一招一式都不离谱呢，动作美着呢。而且，她们穿上高弹裤和紧身衫，完全混同于城市女人了，真是的，把城乡差别都给消除了。

茂恩和茂林就很自豪，为自己能把爱情婚姻移植到城市的土壤里而自豪。他们每天晚上都去公园里看自己的女人和城市的女人，看得心花怒放。

他们想不到，有一天，爱玲和秀婷居然把他们介绍给了教练刘老师。刘老师扬着金鱼尾巴一样的秀发说：你们的爱人跳得不错，乐感很好呀。

茂恩和茂林就红了脸，连声说：不中不中，俺媳妇不中！

他们第一次和城市女人说话，真是很激动。他们注意到刘老师使用了“爱人”这个词，当场就有一种水涨船高的感觉了。是呀，“媳妇”总像是同农作物、茅草屋连在一起呢，而“爱人”就不同了，“爱人”，多么高级呀。

茂恩和茂林哧哧发笑，想象着自己要是管媳妇叫“爱人”，媳妇一定会乐得浑身发抖。想到这里，茂恩就叫一声“爱人”，茂林也叫一声“爱人”，互相练习着，互相发嗲着。

他们练习的时候，心情十分惬意。

健美操

粉桃也想去学健美操。

茂财黑着脸说不行。

粉桃就嘟哝。粉桃说：茂恩的媳妇、茂林的媳妇咋都去了？人家咋不管？

茂财说：乡下女子，在城里公园扭大屁股，是要扭出来毛病的，你懂不懂？

粉桃仍撅着嘴说：毛病？我看没啥毛病。

茂财说：你犟嘴，犟嘴，我扇你！

粉桃看见茂财真的扬起了巴掌，就先声夺人地嚎出了哭腔。这一招最灵，茂财就怯女人哭，女人一哭，茂财就输。茂财就缓了口气说：你别闹了，我白天已经批评茂恩和茂林了，让他们管好媳妇。

茂恩和茂林都是茂家军的“小厮”，跟着茂财在城里干工作，干了好几年了。前几天，茂恩的媳妇爱玲、茂林的媳妇秀婷来队上探亲，一住下就不走了。

这使工头茂财很不高兴。因为他不想叫她俩混在民工队伍里吃闲饭，但又没法给他们派活儿干。茂财就找茂恩和茂林谈话说：咱干的是重工业，妇女家属很不好安排呀，还是让他们回去干农业吧。

没想到，这俩憨货，居然长了本事，暗地里把媳妇安排到公园伺养花草去了，听说一天挣十块钱呢。这可真让茂财气得慌。更让茂财生气的是，那俩娘们还早上、晚上的到公园里跳健美操哩，这不是在影响职工队伍的情绪吗？

比如，茂田这几天一直闹着请假，要回家去接老婆呢。更严重的是，粉桃——

领导干部的家属，居然也想去公园里发浪了。

茂财越想越气得慌，决定再找茂恩和茂林谈一次话，再批评他们一下。

茂财就把茂恩和茂林叫到了屋里，让他们先汇报一下思想。茂财总是这样，总是爱把看不惯的人叫过来，当面锣，对面鼓，敲山震虎。他要用自己的思想，统一大家的思想，统一茂家军的思想。

茂恩和茂林一进门就憋不住要笑，笑茂财道貌岸然像个国家干部。茂财飞起脚，踹了他们每人一脚：笑什么笑什么，有你们哭那一天！说吧，媳妇们来这些天，整天都高兴着哩不是？整天光想笑哩不是？

茂恩和茂林就用沉默来表达他们很不喜欢茂财的驴脸。

实际上，今天茂财也并不想叫这俩憨货多说些什么。他主要是自己想说。

茂财忽然叹了口气，变得语重心长了：痛心啊痛心，我为你们痛心哪，城市里多少资产阶级的臭思想，不但你们学会了，也让媳妇们去学！也怪我呀，对职工教育不够，对职工家属也关心不够。健美操真那么美观吗？叫老娘们回咱队伍里干吧，我给安排，一个干保管员，一个干炊事员，明天我出几道题考考她俩，让她们竞争上岗。

茂恩和茂林一直认真地听着茂财讲话，直到茂财讲完了，才不约而同地放出来两个响屁。

茂财说：你俩咋想的，说吧。

俺俩想从你这下岗。茂恩和茂林异口同声地说。

茂财吓了一跳：瞎说，尽瞎说！

逗你玩呢。茂恩和茂林又说，边说边笑，竟动手胳肢茂财，把茂财也给弄笑了。

茂财想不到自己会被胳肢，就笑得大喘气。

第二天，茂财病了一场。

粉桃就乘茂财闹着病，偷偷地溜到公园，学了三天健美操。茂财病好了，也没追究粉桃。

茂家军中，就有了三个媳妇学会了跳健美操。

老板床

天一擦黑，茂福就爬上了老板床，他先将自己摆成个“大”字，尽情地伸展四肢。他又将自己蜷缩成一团，像猫一样惬意地进入了假寐。这就是标价六万元的老板床吗？这就是拥有十八种功能的老板床吗？茂福摸到了遥控器，随便按了个键，床垫就有节奏地摇晃起来了。

遗憾的是，售床小姐不在身边。倘若这是白天，任凭小姐当众操作一番，那该是何等风流啊。是的，天黑以前，茂福就藏到家具城的卫生间里了。等店员下班关门之后，他溜了出来。他不想当小偷，他只是想睡睡价值六万块钱的老板床。茂福到城里来打工，睡过立交桥，睡过水泥管，睡过烂尾楼，就是没有睡过老板床。

那天，听说家具城展销老板床，茂福就来看热闹了。一看见这张豪华的老板床，他的心就蠢蠢欲动了。他暗暗发誓，有条件要睡老板床，没有条件，创造条件，也要睡老板床！说实话，看着售床小姐演示老板床的各项功能，茂福就开始浮想联翩了。小姐红唇白牙地说，老板床体现了“以人为本”的设计理念。这让茂福感到十分好笑。难道让猪睡猪圈，就是“以猪为本”吗？让牛睡牛棚，就是“以牛为本”了？他认为，小姐说“以人为本”，实际上是“以老板为本”的！

美女香车，茂福见过，那是在轿车展销会上。现在，茂福又见到美女香床了，就不能不瞠目结舌了。等着瞧吧，说不定从哪儿冒出来个阔老板，连人带床都给包了。而他茂福，就是把骨头熬成汤，也拿不出来六万块钱！

于是，茂福有了自己的想法，晚上藏到家具城里，爬上老板床，美美地睡一觉！睡上老板床，感觉就是妙。茂福手握遥控器，感受着十八种功能的妙趣。他像驴子一样，索性打了几个滚儿，抖掉了身上的灰尘，“嗷嗷”地叫了几声。

茂福取过一个塑料模特儿，搂到了怀里。这是个女塑料模特儿，他脱光了“她”的衣服，发现曲线也很美。茂福拥着“她”，盖上毛毯，呼呼地进入了梦乡。

次日清晨，茂福被一些男男女女的笑声吵醒了。茂福揉着惺忪的睡眼，看清了走在前面的人是售床小姐。

售床小姐很夸张地望着茂福，把茂福望成了一块稀软的奶酪。没等茂福醒过神来，小姐满眼含笑地说：老板，欢迎您亲身体验！请问，您提货是用现金还是用支票？

茂福笑道：对不起，我不是老板，我只是觉得好玩！

小姐笑道：老板，您别开玩笑了，我跟您去提款吧！

后来的结局是，茂福被家具城的保安捶了一顿，扔到了街上。

茂福鼻青脸肿地走在街头，心里只有一个念想：这辈子，一定要当个老板！一定要睡老板床！

第三只手

那厮一出手，茂举就认定是第三只手了。

说时迟，那时快，茂举就扑了过去。

那厮一个鹞子翻身，闪出圈外。

茂举又一个泰山压顶，盖住了那厮，盖得那厮动弹不得。

茂举将那厮扭送到派出所，才知道那厮也没偷到多少钱。

茂举回到公司，受到了老板的表扬。老板说：你是怎么看出来第三只手的？你是福尔摩斯吧？

摩斯。摩斯。茂举笑了。茂举用口水抹了抹头发，头发又光又亮，像是真的抹了什么摩丝。

没想到，第三天，有人把茂举告上了法庭。

茂举成了被告。

告他的是吴老太太的儿子。吴老太太的儿子说，三天前，茂举抓扒手的时候，把吴老太太撞倒了，大腿撞成了骨折。现在，吴家提出赔偿，要茂举拿一万块钱。

怎么会这样？

茂举不知道会这样。茂举已经记不清了，当时有没有撞倒一个老太太。当时，市场上很乱，茂举一看见第三只手，来不及多想，脑子一热，就冲了上去。然后，押着第三只手，去了派出所。

有人到庭作证，茂举确实撞倒了吴老太太。

茂举说：就算是我撞倒了吴老太太，责任在我吗？责任在扒手。

可是，扒手已经找不到了。当天，派出所审讯了扒手，因为偷的东西不多，训了一顿，也就放掉了。据说，扒手走出派出所之前，还在派出所的卫生间尿了一家伙。

现在，找不到扒手，吴老太太就只好状告茂举了。

茂举想不通这件事，真的想不通，不是一般的想不通。于是，茂举给电视台拨打了电话。电视台很快就派记者来了。当天晚上，电视台播发了专题报道《英雄没有流血，却在流泪!》。

第二天，务工者协会来人了。他们找到了公司，打算请茂举去做专场报告，报告的题目都有了：《城里站起来个打工汉》。

老板笑了。老板说：我这里出了个见义勇为的英雄，我也跟着闪光了。

茂举没笑。茂举正在闹心。法院的判决书已经下来了，判罚茂举和扒手共同承担吴老太太的医药费和精神损失，共计八千八百八十八块八角八分。

法律就是这样，让人理性，也让人尴尬。

茂举哭了。见义勇为的茂举，没有流血，却在流泪！

电视台又来人了。

务工者协会又来人了。

报社也派来了记者，采写深度报道。

一场大讨论在城市的各个层面展开。每张嘴巴都在议论这件事情。

有人骂扒手。

有人骂吴老太太。

有人说茂举活该。

吴老太太的儿子、女儿，天天来公司找茂举要钱。他们找不到扒手，只好先找茂举要钱。

搞得老板很烦。老板说：茂举，我们公司还办不办公了？你可以向见义勇为基金会申请专款嘛，让电视台、报社、务工者协会帮你说话。既然，他们鼓吹你，为什么摆不平这件事情？

茂举无言。茂举天天往北市场去转。茂举希望能捉到那个被派出所放掉的第三只手。可是，那个扒手施了隐身术似的，再也没有出现。

有一天，茂举听见有人喊“捉贼啊！”他就冲了过去。冲到近前一看，并不是他要找的那个扒手。于是，茂举像许多人那样，为扒手闪开了一条道路，眼睁睁地看着扒手跑走了。

有人认出来了茂举，就拿他打趣：你不是见义勇为的英雄嘛，怎么这一次做了软蛋？

茂举捂着脸走了。

茂举没脸说话了。

务工者协会听说了茂举做了软蛋，就来找茂举了，通知他，原来拟定的专场报告，取消了。

电视台和报社的记者也打电话来说，根据群众的反映，领导同志指示说，不宜过度地宣传茂举，请茂举理解。

老板也说：很遗憾，见义勇为基金会没有批准对你的奖励，因为你不是本地户口，你是异乡人。

城市的井

法官来取证了。因为这里死了个小囡囡。

出生证?

没有。

户口本?

没有。

……

法官无奈地耸了耸肩头。

没有出生证，就意味着非法出生。法官说。

没有户口本，就意味着黑色人口。法官说。

莲凤拿出了身份证，茂松也拿出了身份证。他们还拿出了结婚证。但是他们拿不出囡囡的出生证明。囡囡不是在医院出生的，自然也就没有城市户口。

法官奇怪地说：囡囡是从石头缝里蹦出来的吗？怎么会没有出生证？

茂松说：囡囡是找人接生的。当时，来不及上医院。

法官说：不管谁接生的，总应该有出生证的。没有出生证，就不能证明囡囡是你们的亲生孩子！对吧？因此，你们不具备诉讼的主体资格，你们不能状告房东。明白吗?

莲凤不明白。茂松也不明白。

茂松说：囡囡就是在这间房子里出生的，房东可以证明。

莲凤也说：我生下来囡囡，女房东还来送过红糖呢。

莲凤又开始给法官讲述那天出事的经过。那天，莲凤在院子里洗衣服，也没在意，囡囡就掉进了房东家的井里。井本来是在屋里锁着的，不知道屋门怎么开了。一岁半的囡囡，不知啥时跑进去的，再也没有出来……

在都市村庄里，都知道莲凤的囡囡掉到房东家的井里淹死了。

房东家的井，是早就有的。过去，城市还没有延伸到郊区的时候，就有这口井了。后来，城市将郊区的村庄吞并了，村庄也就成了都市里的村庄了。

只不过是，井的主人盖房的时候，将那口井盖到了屋里。平时，有井的房子，是锁着门的。可是，出事的那天，门不知怎么开了。如果不是房东忘了上锁，囡囡就不会淹死。

就这样，莲凤和男人将房东告上了法庭。

法官已经询问过房东夫妻了。房东夫妻否认那天没有锁门。女房东甚至说，不知道莲凤生过孩子，也不承认给莲凤送过红糖。

问题复杂化了。

法官说：复杂的问题，只能用简单的办法来解决。你们撤诉吧。就是不撤诉，也无法对房东提出索赔。

法官走了以后，男房东来了。

男房东是个没表情的人。出了这件事，男房东就更没有表情了。男房东用没有表情的表情说：你看，你们告我，告得赢吗？

男房东又说：其实，该告状的是我。由于你们看管不善，造成了囡囡的死亡，也污染了我家的水井。我家的水井，可是有半个世纪的历史了。吃水不忘挖井人，我们家人时常在井边怀念先人！现在，这口井淹死人了，水肯定不能吃了，井肯定报废了。你们说吧，该赔偿我多少钱？公了还是私了？要打官司，我奉陪到底！

莲凤哭了：你拍拍胸口想一想，你还有良心吗？

茂松也哭了：你也是人啊，你说这话，就不怕断子绝孙吗？

男房东一声冷笑：良心，良心多少钱一斤？说实话，你们这样骂我，我完全可以告你们诽谤罪！念你们刚刚失去了囡囡，我也就不计较了。不过，话说到明处，房子，你们是不能再住了。限你们两天之内，退房走人！从今往后，咱们井水不犯河水！

男房东撂下一堆孬话，迈着螃蟹步走了。

莲凤和茂松哭了一夜。

第二天，他们怀着对城市的仇恨，默默无语地走了。于是，这个故事，被风刮到了城市的每一个角落。

当天夜里，城市的马路上，出现了一口井。

以后的每天夜里，城市的马路上，都会出现一口井。就是马路上的窨井。窨井盖总是不翼而飞。窨井张着肮脏的大嘴，吞噬着路人。窨井咬断了城里人的胳膊、腿，磕掉了城里人的牙齿，将城里人弄得鼻青脸肿，哭爹叫娘。有时候，下大雨，行人趟水过街，会掉进窨井里。有人掉进窨井里，就无影无踪了。

人们谈井色变。走到街上，最担心的就是掉到井里。几乎每个人的心里，都被人挖了一口井。井，成为这个城市最可怕的字眼。

于是，调查人员来到了乡下。他们发现，莲凤的身边，除了茂松之外，还有一个蹒跚学步的男童。

莲凤说：我们回到乡下，再没有离开过半步，全村人都可以证明。

茂松说：囡囡掉进井里，那是命里该着。要不然，我们也不可能再生个儿子！是吧？

租赁爸爸

茂祥的三轮车坐了个孩子。这孩子不是茂祥的孩子，是个城市孩子。城市孩子，人小鬼大，才七八岁，就会自己打三轮了。这孩子打三轮的时候，对茂祥说了个条件，要求茂祥顶替他的爸爸，去学校开家长会。如果答应的话，不但给两块钱车费，还给十块钱会务费。

答应，怎么能不答应呢！茂祥乐歪了嘴，既占了便宜还挣钱，上哪找这样的好事去？

茂祥把孩子扶上了车，问孩子：我还不知道你叫什么名字呢，我给你当临时爸爸，总得知道你的名字呀。

孩子说：我小名叫小多多，大名叫杨多多。

茂祥说：好啊，小多多，我现在是你的爸爸了。

杨多多说：不对，你现在还不是！你现在是个车夫！

茂祥的心一沉。是的，孩子说的没错，自己就是个车夫。

杨多多又说：到了学校，你去开会，那时候，你才是我的临时爸爸。开完会，我给你十块钱，你走你的，明白吗？

茂祥咽了咽口水说：明白，我一定认真开会。

学校很快就到了。

家长会，是一个有很多家长参加的会，谁都不认识谁，很好混，谁都能混。茂祥混在人堆里，听老师点名。老师点的是学生的名，点到谁了，谁的家长就答应一声“到”。老师点到杨多多时，茂祥随口就答应了，就像杨多多真是自己的儿子。

接下来的事情就简单多了。老师开始讲话。家长会都这样，主要是老师讲话，讲车轱辘话。茂祥很认真地听着，怕漏掉了哪一句，对不住孩子，也对不住会务费呀。

老师终于讲完了话，又让家长们观看学生作业，并在笔记本上留下名字。

茂祥这回傻眼了，真的傻眼了。因为他不知道杨多多父亲的名字！他后悔怎么没问问那孩子！那就只好蒙世了。茂祥掂起笔杆，十分潦草地写下了“杨茂祥”三个歪字。

茂祥写字的时候，感觉后背有人盯他。他知道，那是老师的眼睛。老师的眼睛，是一双很深刻的眼睛，任何人的小动作，都逃不过老师的眼睛。

走出校门，杨多多已经坐在三轮上等他了。

杨多多只问了一句：老师表扬谁了？

茂祥不咸不淡地说：反正没表扬你！

杨多多说：我就知道，老师不会表扬我！

茂祥说：我要是你的老师，我就表扬你！

杨多多听见这话，笑了起来：好，你让我高兴，我给你二十块钱，十块钱会务费，两块钱车费，八块钱小费！

茂祥也笑了，把三轮蹬得飞快。

到了地方，杨多多果然给了茂祥二十块钱。

以后，杨多多在马路上拦三轮，又坐了几回茂祥的车。茂祥很想问问他，啥时候再开家长会，但没好意思问。挣小孩子的钱，总觉得像做贼般心虚。有时候，茂祥也想听那孩子说说他爹娘。可是，那孩子不说，什么都不说。城里的人，隐私多，秧子多，不打听也好，别惹上一身臊。

终于有一天，杨多多的妈妈出现了。这是一个粉面朱唇的女人，也是一个养尊处优的女人。茂祥一眼就看出来了。

女人对茂祥说：老师给我打过电话了，说是有人冒充杨多多的父亲开家长会。我呢，也就不怪罪你了。怪罪你，有啥用呢？你是个蹬三轮的！说真的，我还以为是那个老东西回来了呢。我根本就没想到，孩子会租个爸爸去开家长会！

茂祥被那女人数落得浑身发烫，不知该怎样做出解释。茂祥从兜里掏出二十块钱说：我退赔，那回，孩子给了我二十块钱！

女人笑了起来：你以为我在乎二十块钱吗？

女人又说：多多这孩子，可怜哪，从小就缺乏父爱。这样吧，既然你冒充过多多的爸爸，好事就做到底吧。我是说，从今天起，我租赁你，让你给多多当个专职爸爸。当然，我说的专职，是加引号的，你可别往歪里想啊！

女人说着，递给茂祥一个电话号码。女人鼓着眼球说：你考虑考虑，可随时打电话给我！

女人走后，茂祥愣成了一截烧焦的木炭。

茂祥想到了留在乡下的老婆孩子。

也许，这是个陷阱。茂祥捏着那个电话号码想。

茂祥就一直没给女人打电话。

几个月后，茂祥百无聊赖，突然想起来了那个女人和孩子。说真的，他很想知道杨多多现在怎么样了。杨多多是个小人精呢，一看就知道。茂祥在乡下做过小学教师，别说当租赁爸爸了，就是给孩子做家教，也是可以胜任的。

茂祥走到公话亭，拨了女人留下来的电话号码。可话筒里的提示音却说："您拨打的电话已经停机。"

补　拍

电视台要补拍镜头。

当初，茂圈儿跳进河塘的时候，电视台的记者没在场。事故发生得太突然了，有人掉水里了，扑腾扑腾大喊“救命”！茂圈儿来不及多想，义无反顾地跳进了河塘。在他人的帮助下，救回了落水者的生命。

茂圈儿就这么成了英雄。茂圈儿的壮举，以往人们只能在电视里看到。现在，英雄就在身边，人们看得见，摸得着了。很快，茂圈儿的事迹层层上报了，电视台的记者来到了。

记者要求茂圈儿配合采访，重现跳入河塘的壮举。补拍这样的壮举，为的是让英雄的形象成为永恒。

可是，茂圈儿不同意补拍镜头。难道自己跳水救人，是为了让人们知道吗？

“电视台播了你的片子，全社会就会认同你，认同新一代农民工的精神风貌。”有人启发着茂圈儿。

“目前，社会公德缺失。宣传你，也是为了激活人们的道德意识，让激情重新燃烧岁月！”有人激励着茂圈儿。

“你不要把补拍当作你个人的事情。你的光辉形象，代表着时代精神。从社会责任看，你有义务配合电视台。如果你不肯配合的话，就说明你的人格有差距。”有人鞭策着茂圈儿。

茂圈儿的头都要炸了。人们的劝说，让他感到了从未有过的茫然和郁闷。

看到茂圈儿这种混沌未开的样子，人们摇头叹息了。素质啊，这就是农民工的素质！给他露脸的机会，他不露！也难怪，茂圈儿还小，还不到十八周岁，说到底，还是个农村孩子。农村孩子，能有多高的素质呢？

有人建议，请心理专家对茂圈儿进行面对面辅导，帮助他克服心理障碍，勇敢地接受补拍。

心理专家来了。专家看了看茂圈儿说：“你随着我做个游戏吧。我喊一，你向左转；我喊二，你向右转；我喊三，你向后转。如果你转错了，就自己蹲下去，大声说‘我错了’！”

茂圈儿机械地点了点头。他不知道专家为什么要领他做这个游戏。也许，自己的脑子出了问题？

围观者好奇地睁大眼睛，看专家领着茂圈儿做游戏。电视台的摄影机已经支好了，随时捕捉花絮，为制作新闻增添小妙趣。

随着专家的口令，茂圈儿不停地向左转、向右转、向后转。刚开始，节奏比较缓慢，脑子尚不糊涂，很少出错。转着转着，茂圈儿的脑子就懵了，错误就多起来了，不知该向左转，还是该向右转，或是该向后转。茂圈儿一次次蹲到地上，一次次大声说：“我错了！”

人们笑得前仰后合，专家指着茂圈儿说：“你承认吧，你做不到永远不出错吧？”

茂圈儿不服气地说：“虽然我做不到永远不出错，可我相信世界上有人能做到永远不出错！”

专家大笑：“这可是你说的！那么我问你，‘永远不出错’这个命题，是不是个错呢？答案是：‘永远不出错’本身就是个错！”

茂圈儿的脸色红到了脖梗，知道自己掉到专家挖的“井”里了。茂圈儿说不过专家，只有嘿嘿地傻笑了。

茂圈儿笑了，就等于心理障碍排除了。专家真有水平，把一根筋似的茂圈儿，寓教于乐地拿下了。

茂圈儿同意补拍镜头了。但茂圈儿心里紧张，他并不会游泳，可又没有勇气说出来。

参加补拍的被救者，是电视台找来的替身。这个表演者告诉茂圈儿，自己会游泳，只要茂圈儿大胆地跳下去就行了。

在河塘的实景场地，茂圈儿面对又稠又浓的臭水，勇敢地跳了下去。他用身子朝前探索，大刀阔斧地舞动着四肢，再现着当初的壮举。

电视台的记者专心致志地操作着机器。围观的人，也都屏住了呼吸。他们赞美着茂圈儿，表情很朴实，很到位。没有人意识到茂圈儿的身子越来越僵硬了，越来越力不从心了。是的，包括茂圈儿自己，也不知道上帝正在招手，正在向他发出邀请。

当人们把茂圈儿的遗体从河塘里拖上来的时候，茂圈儿的灵魂已升往天国了。

后来，电视台播出的新闻是：在这个城市的一隅，一位年轻的农民工，为抢救他人的生命，献出了自己的生命。

教你怎样放鞭炮

快过年了，电视上已经有人在讲了，讲放鞭炮的注意事项。禁放烟花爆竹好多年了，今年一开禁，人们却说不会放鞭炮了。

茂根受了启发，就在路边摆了块牌子。牌子上歪歪扭扭地写了一行字：“教你怎样放鞭炮。”

牌子一摆出来，就有人来搭腔了。来的是卖鞭炮的李三。李三批发来很多鞭炮，却不能在城里卖。城管把卖鞭炮的全都规划到郊外的马路上去了。李三说：“兄弟，有人买不到鞭炮，你就介绍到我那儿，给你提成！”

李三刚走，就来了个小伙子。小伙子举着一挂鞭炮说：“请你教教我，是点中间，还是点两边？”

茂根笑道：“既不是点中间，也不是点两边。你可以摆到地面上，摆成一字长城；也可以挑到竹竿上，挑成一条长龙。这样才安全！”茂根一边说，一边做了示范。

小伙子很高兴，给了茂根五块钱。

五块钱，不多。城里人打牌，输一把，还五块钱呢。放鞭炮，本身就是烧钱，烧钱买快乐。城里人给多少钱，茂根都没意见。看着给呗，只要城里人高兴。城里人的钱，好挣。正是看中了放鞭炮的商机，茂根才留在城里过年的。茂根想，过完年，再回乡下去，一年不就过这一回年嘛，机会难得啊。

生意很旺。不断地有人来向茂根请教，主要是些男人。老年的、中年的、青年的、少年的、童年的，都有。这些大男人或小男人，一个个探头探脑，既想放鞭炮，又怕放鞭炮，显得生动可笑。来城里打工，茂根早就见怪不怪了。城里的猫，不会逮老鼠；城里的公鸡，不会打鸣；城里的男人，靠药片壮阳；城里的女人，靠乳胶丰胸……城里的动物们，都是这个德行，难怪男人们不会放鞭炮了。

来学放鞭炮的人很多，茂根就挣了好多钱。茂根给乡下的老婆写了封信，信上只有一句话：“城里钱多、人傻，我年后回家。”

不知道老婆接到信会怎么想。男人是搂钱的耙子，女人是存钱的匣子。老婆啊，你就在家等着吧，等着蘸唾沫查钱吧。

开禁第一年，放鞭炮的人特多。有人买不到鞭炮，茂根就介绍到了李三那里。李三喜得合不拢嘴，又添进了许多货。人们放鞭炮，很上瘾，从大年三十煮饺子放到正月十五雪打灯。城市的每一天，都喧闹着鞭炮的爆炸声，浸染着火药的浓烈味道。

人们高高兴兴地过完了大年，城市的齿轮又啮合起了庸常的日子。

茂根准备回乡下去了，老婆孩子还等着他呢。过完正月十六回去，也该不算晚。

李三却在这个时候来找茂根了。李三说："兄弟，二次进货进多了，没卖完，又没处退，你帮我处理掉吧。"

茂根问："怎么处理？一炮崩了吧？"

李三说："我就是这个意思，一炮崩干净，不留祸根。说实话，不怕你笑话，我胆小，不敢放鞭炮。你不是教人家放鞭炮嘛，你帮我放掉。"

茂根哂笑了一声，答应了李三。

正月十六的晚上，茂根来到郊外，帮助李三放那些剩余的烟花爆竹。选择晚上燃放，是因为晚上的效果好，可以燃亮漆黑的夜空，多彩的夜色会更加绚烂夺目。茂根把所有的鞭炮集中到了一堆，挑了个最大的礼炮，点燃了炮焓。

可是，三分钟过去了，礼炮没响。

茂根弯下腰查看礼炮，茂根的脸正对着巨大的礼炮。

"轰！"礼炮突然响了，响得惊天动地。礼炮引爆了所有的鞭炮，城市的郊外，爆炸声连成一片。

第二天，这个城市的人们，都听说了这件事，都知道茂根的脸被炸飞了。人们欷歔有声，几乎都这么说：嗐，就是那个教人放鞭炮的家伙！

凡是跟着茂根学过放鞭炮的人，脸色都很苍白。

应急厕所

宝根裤裆里夹着热尿，心急火燎地摸到了公园。摸到公园就好了，就可以找到厕所了，就可以解决内急了。

可是，宝根却被公园门口的牌子弄傻了。公园门口的右侧竖了一块牌子，牌子上写了几个大字：“应急避难场所。”牌子上还画了个奔跑的小人，从奔跑的方向看，像是从公园里朝外跑的。

宝根的尿意就憋回去了。公园里发生了什么？公园怎么会成为应急避难场所？人们是不是按牌子的指引，要从公园里跑出来？

宝根惶恐地站在公园门口，不知自己是该进还是不该进？进去找厕所，万一被跑出来的人撞倒怎么办？不进去，又到哪儿找厕所呢？宝根知道，城市里有很多厕所，城市的几百个厕所，是上了报纸的。宝根在报纸上看到过这样的消息，哪个厕所位于哪条街道，标得清清楚楚，图文并茂。可是，宝根现在想上厕所，却怎么也找不到那些厕所了。他在街上看到了几个公共厕所，全都改成商店了。

只有到公园里找厕所了。宝根只好不管“应急避难场所”的牌子了，急匆匆地进了公园。哈，进了公园，宝根就笑了。宝根看见了一大片牌子，那些牌子，画满了图形和文字。宝根站在牌子下面，认真地读着那些牌子：“应急指挥中心”，画了个警察；“应急供电”，画了个电灯；“应急物资供应”，画了个运输车；“应急医疗救护”，画了个绿十字；“应急棚宿区”，画了个帐篷；“应急供水”，画了个水龙头；“应急”厕所，画了两个小人——一男一女，男的穿裤子，女的穿裙子！

宝根笑了，总算弄明白了，城里的厕所，是不标“男”、“女”二字的，只标男裤女裙！这意思很清楚，不管你识字不识字，你只要知道男人穿裤子、女人穿裙子就可以了！宝根也听说过，城里的某些厕所，不标中文，也不标小人，而是标英文。那是成心不让中国人上厕所，除非你学会了英语，弄得清自己是man（男人）还是woman（女人）！

宝根的尿意又有了，而且，更强烈了。宝根提着裤子，颠颠地往牌子指引的厕所位置跑去了。跑到厕所门口，又看见竖着一块男裤女裙的牌子。厕所的两个门上，各画了一个男裤和一个女裙。宝根知道，只要记得自己是男是女，对号入门就是了。

可是，宝根又犹豫了，不得不犹豫了。依“男左女右”的常识，左门为男，右门为女。可是，宝根分明看见，一个披肩发从左门出来了，一个短头发从右门出来了。宝根揉了揉眼睛，才发现是自己搞错了。那个披肩发是个男人呀，那个短头发是女人嘛！真是古怪稀奇！是自己的脑子颠倒了，还是世界颠倒了？宝根不知道，只好把自己嘲笑了一顿。

就在这时，宝根觉得一股热流在裤裆里分叉了，一直分到了脚下。顷刻间，脚下湿了一片。

宝根傻了，愣是把自己弄傻了。站在厕所门口，他不知该选择进去，还是该选择逃离？

宝根懊恼地走出公园，走出了“应急避难场所”。

有几个工人，正在公园门口吃力地挖掉那块“应急避难场所”的牌子。宝根站在他们身后，听见他们说，牌子栽错了地方，栽到了大门右侧，牌子上的小人像是从公园里跑出来的。而这是一个致命的错误，是误导避难者的致命错误。因为，它不该指引人们从里面跑出来，而应该指引人们从外面跑进去。对，正确的位置就是这样，将牌子安放到大门的左侧。这样，小人看上去就是朝公园里面跑了，人们就明白该跑到公园里面去了。

宝根“啊”着嘴巴，立在了风里，立在了“应急避难场所”的牌子下。

政治面貌

老庞一来到医院，就把自己的政治面貌瞒下了。保洁部让他填表，在政治面貌一栏中，他填写的是“群众”。其实，他哪是什么“群众”啊，他是个有二十多年党龄的老党员，还干过六年村党支部书记呢！为什么要隐瞒自己的政治面貌呢？老庞有自己的理由：一是自己是来医院打工的，二是自己是来陪护老伴的。有这么个双重身份，他就不宜暴露自己的政治面貌了。

当然，医院里是有党组织的，许多医护人员都是党员。老庞在大厅里经常看到院党委的通知，党内开展各项活动，党员都踊跃参加。老庞想，如果在农村，自己也会同样带领党员搞活动的。可这是在医院，自己毕竟是个打工者啊。再说了，老伴是个大病号，当下要紧的是好好陪护老伴啊。

八小时内，老庞尽职尽责地干好保洁工作，到外科病房打扫卫生。八小时外，老庞一心一意当好病人家属，到内科病房陪护老伴。好在外科与内科不在一个楼层，互不搭界，没人在意老庞。老庞也有意藏着自己，不让人们认出来他。住院部范围很广，也没人认出来他。即便看着他面熟，又能怎么样？谁会想到他是个双面人？

老庞藏起了自己的政治面貌，但并没忘记自己的政治面貌。青海玉树发生地震了，医院党委组织医护人员给灾区捐款，在大厅里贴出了捐款名单，党员和群众都捐了款。保洁部也开了会，发动外来务工人员捐款，党员可捐三十元，群众可捐五元，多者不限。老庞热血沸腾，也想捐款。可仔细一想，自己的组织关系没转过来啊。按党员身份捐？还是按群众名义捐？老庞拿不定主意了。

左思右想，老庞以群众名义捐了五块钱。没办法，老伴看病需要钱，需要大笔钱。能省一个是一个吧。按群众名义捐，省了二十五元，这不很好吗？不然的话，谁给二十五元呢？老庞这样安慰着自己。

捐过款，他坐在花池边想心事，看着花匠浇花。一粒水珠落到了老庞脚下的尘埃里，顷刻间化为乌有。老庞心里一动。如果，这粒水珠遇见了大海，命运就非如此了，它一定会和大海溶在一起，汹涌澎湃。老庞认为自己就是落进尘埃里的那颗水珠，而没有机会遇见大海。这么一想，捐五块钱，似乎也心安理得了。

可是，政治面貌的影子却无情地撕扯着他。老庞明知道自己是个党员，明明该捐三十元的，可却捐了五元，内心的愧疚让他无地自容。

这件事折磨得他饮食不安。儿子来看娘那天，他悄悄跑到外面，给村党支部书记打了个电话，要求把自己的组织关系转出来。以后，再有捐款的机会，一定要声明自己是党员！党支部书记说，先转个临时关系？也不是不可以。但接受单位呢？是医院吗？医院接收你吗？

几句话就把老庞问得说不出啥了。

老庞的组织关系就没转出来。

后来，事情却发生了奇妙的变化。外科与内科的医生，在一起开会，无意中说起了老庞。有人怀疑在外科打扫卫生的老庞，就是在内科护理病号的老庞，两个老庞是一个人！医生们感到这件事很蹊跷，就想弄个水落石出。

老庞就被外科、内科和保洁部三堂会审了。会审的结果很简单，此老庞就是彼老庞，两个老庞的确是一个人！老庞老老实实地承认了自己的双重身份。但他没敢说出自己的政治面貌。因为，毕竟组织关系还没转过来。说自己是党员，空口无凭啊。弄不好，反而会把保洁工的工作给丢了……

事情的发展却让他感到意外。弄清了老庞的双重身份，外科、内科的医护人员和保洁部的职工都感动了，有人提议给老庞捐款，说老庞的老伴是个大病号！

老庞热泪盈眶，婉言谢绝。

次日，老庞把儿子叫来顶替自己。自己则回了乡下，转组织关系去了。

去向老板认个错

去吧，去向老板认个错。

是的，我知道你没有错。正因为你没有错，所以，你才需要向老板认个错。

人在屋檐下，不得不低头。大丈夫能屈能伸，大人物能进能退。留得青山在，不愁没柴烧。好汉不吃眼前亏，吃饭才是硬道理……这些道理你不懂吗？既然你都懂，为啥要一条道跑到黑？

你看你那个小样儿——小头小脸小框架，还敢穿一身西装呢。你呀你，叫我怎么说你呢。一年四季，你总是西装革履，头发梳得一丝不苟。你以为你是谁啊？你知道不知道，人家背后说你——上海小 K！

去吧，去向老板认个错。

你别笑。你以为你穿件小西装，打个小领带，城里就站起来个庄稼汉了？非也！你不就是个打工的嘛，本质上，和卖苦力的民工一样！一个打工崽，有什么资格和老板叫板呢?！城里人，或者说，体制内的人，有工资，有奖金，有劳保，有福利……你有什么呢？你一无所有！一天没有老板，你就一天没有饭吃。道理就这么简单。

去吧，去向老板认个错。

你已经是第几次丢饭碗啦？这是第五次吧？每一次，都是因为你和老板搞僵了，让人家扫地出门的。你总是对老板看不惯，你有什么看不惯的?！老板是个公众人物，从事着所谓的公益事业，媒体早就把老板炒紫了，炒黑了，你想扳倒就扳得倒吗？你说老板变态，老板还说你变态呢。你不觉得你是个弱小的蚂蚁吗？你连个弱势群体都够不上，充其量，也不过就是个弱势个体！

去吧，去向老板认个错。

你不去？你说老板是头驴？即便老板是头驴，你就不能骑上驴，看着唱本走着瞧吗？你看人家阿凡提，还倒骑毛驴呢！你骑不上驴，可以牵驴嘛，能牵上驴子，不也是一种能力嘛。骑不上驴，又牵不上驴，那你就只有听驴子叫唤了。其实，听驴子叫唤两声，也没啥，听了，可以提高心理素质呢。其实，听驴叫，也是一种境界。全当听驴子叫唤了，又能怎么样？不就是一头驴嘛，它能嚣张到哪里去？瞧，你笑了，一说老板是驴子，你就笑了。

去吧，去向老板认个错。

你得改变自己了，别一天到晚昂着头，像个不知天高地厚的小公鸡。你看，这是什么？一张白纸。现在，我将这张白纸放在两摞书上，喏，一座桥架好了。我在桥上放一枚硬币，哇，桥塌了。为什么会塌呢？这张白纸太单纯了，太单薄了。你看，我改变一下它的形状，它就能将硬币承担起来了。你看，就这样一来，将白纸折叠几下。怎么样，白纸的形状改变了，可以承担一枚硬币、两枚硬币、三枚硬币……

是的，很简单的道理。我们为什么不改变自己的形状呢？

去吧，去向老板认个错。

老板需要你认个错。你去认个错，你的错误就不存在了。你不认错，这本身就是个错！你没听说过，“服从老板的六大原则”吗？准保让你耳目一新。听我一条一条说给你：

老板绝对不会错；

如果老板没有错，一定是我看错；

如果我没有看错，一定是因为我的错，才害老板犯了错；

如果真是老板的错，只要他不认错，那就是我的错；

如果老板不认错，我还坚持他有错，那就是我的错；

相信“老板没有错”，这句话绝对没有错。

怎么样？这六条原则一针见脓吧？

去吧，去向老板认个错。

你问这六条原则是哪来的？我可以告诉你，是一个大学教授编出来的，人家到处宣讲这六条原则，挣足了银子。当然，刚开始，人们听他这么说，都骂他，可骂着骂着，就笑了，就给他鼓掌了，就给他数钱了。

去吧，去向老板认个错。

就算是去作秀，老板需要作秀呢。老板都是这样，他要给别人作秀，也要别人给他作秀！

有一个创意

我和驴子商量，问它能不能成为我公司麾下的一名模特。驴子没拿正眼瞧我，只是朝我喷了个响鼻。我知道这家伙的脾气，和它说事，不能直来直去。

我对驴子说，其实就是想请它成为我公司的形象大使。为了说服驴子，我举例说明，有家宠物公司，已经请狗当形象代言者了，据说，社会反响还不错。我告诉驴子，出任形象大使，这本身也是一件很好玩的事情。

我撕开一盒香烟，抓了几支，一并塞到了驴子的嘴里。我把香烟给它点着了，一排小烟囱当即就冒白烟了。驴子大口大口地吸着香烟，烟雾笼罩着驴头，驴子显得更加深沉了。看得出来，驴子在认真考虑我的建议，月薪一千元，不能不说是一种诱惑。况且，我还给它提供免费医疗，让它使用高档洗涤用品。除此之外，我还为它准备了一块风水宝地，让它百年之后有个善终的地方。

驴子真是个爽快的家伙，表示考虑好了。只见它扑倒在地，尽情地耍了一通“驴打滚”。然后，站起身来，面朝蓝天，发出了“咴咴”的嘶叫。

我将驴子牵到了老板面前，对老板说，我把驴子搞定了，就让驴子来为我公司开发新的经济效益增长点吧。

老板疑惑地打量着驴子，以不解的口吻说：驴子不就是会拉磨嘛，还能干什么！

我笑道：老板，驴子拉磨，那也是没办法的事，因为有人蒙住了它的双眼，它只好一圈一圈走磨道。其实，驴子能耐大着哩，只是英雄没有用武之地而已！我这么说着的时候，看到驴子冲我眨了眨眼睛，那意思是感谢我的善解驴意。我接着说：老板，您一定知道阿凡提吧，智慧大师阿凡提，走到哪儿，都要骑一头毛驴！可见，驴子是多么优秀的动物！还有，八仙过海里的张果老，不是倒骑一头毛驴吗？此外，民间还有“骑驴看唱本——走着瞧”的格言。为什么不说骑马、骑牛呢？想想吧，这里面的学问大了！

老板拦住我的话说：知道啦，是骡子是马，拉出来溜溜！

老板的意思很明白，让驴子当场表演个才艺节目。我拍了拍驴头说：怎么样？伙计，拿出你的绝活！说到这里，我突然发现，驴子雪白的嘴唇变得乌黑。我明白了，驴子一定是生气了，老板怎么可以当着驴子的面说骡子道马呢。尽管大家都知道，骡子是马和驴子的私生子，但这毕竟是马和驴子的隐私呀。不过，驴子也不该和老板计较嘛，现在是什么年代了，多少明星大腕都拿自己的隐私卖大钱呢！

我趴在驴子的耳朵旁，同它说了不少好话，驴子的嘴唇才渐渐恢复了白色。看在我的面子上，驴子答应配合我，表演一个新的才艺节目——“活埋驴子”。过程是这样的，先挖好一个深坑，将驴子推进坑里，然后，往坑里撂土。我把铁锹递给了老板，老板撂土的时候，表现得特别亢奋。能亲手活埋一头驴子，真是太好玩了，太刺激了。可老板没想到，他将土全部撂到坑里之后，驴子竟自己从坑里走出来了！

老板的眼球，瞪得比驴眼都要大。

老板咧着嘴，打了个响指，决定录用驴子了。

可就在这时，意想不到的事情发生了。驴子突然一头攮死了，驴头把围墙攮了个大窟窿！

悲哉，壮哉！不堪忍受凌辱的驴子，坚强不屈的驴子！

老板望着驴子的遗体说：这样的驴子精神，正是我公司构建企业理念的内核啊！

当然，我们没有把驴子葬到什么风水宝地。因为，我们没有和驴子签订有效合同。驴子只是在接受面试的过程中，本能地死亡了。

老板下令，剥驴皮，吃驴肉。每个员工，都分到了一碗驴肉汤。俗话说，天上龙肉，地上驴肉，就是指驴肉金贵鲜美。可我们吃到嘴里的驴肉，味道并不可嘉，而且，肉很硬，嚼不动，咬不烂！

老板动情地说：这真是一头倔驴！

老板吩咐我，就用驴子作为企业的形象标识，以此激励员工，打造有驴子特色的王牌产品！

驯 驴

马牛在单位里很受气，做牛做马不说，还要忍受副总的臭骂。副总一天到晚耷拉个驴脸，动不动就对马牛哇哇驴叫。

有一天，马牛对大水述说了苦恼和气愤，说着说着，泪水就盈满了眼窝。

大水对马牛说，你全当他是头驴子好啦，全当听一头驴子叫唤。

马牛听了大水的话，擦干了眼泪，又回去上班了。后来，马牛给大水打电话说，他画了一头驴子，压在了玻璃板底下，每天，看看这张画，心里好受多了。他告诉大水，最近，副总又耍了一次驴脾气，把洗脸盆都跺扁了。

马牛说，自从把副总画成驴子后，任他再怎么驴叫，也不跟他较劲了。大水称赞马牛做得对，因为正常人是不会和驴子较真的。马牛愉快地笑了，在电话里吹了个口哨，很像蓝天里划过的鸽哨。

可是，没过多久，马牛又跑到大水这里来了。马牛气愤地说，驴子已经变成疯驴了，不但哇哇驴叫，而且还尥蹄子蹬人，把人蹬得青一块紫一块。马牛一边让大水看伤疤，一边说，仅仅把他当成驴子还不行，我们是不是有点阿Q了？

大水沉默了片刻，若有所思地说，既然大山不向我们走来，那我们就向大山走去。大水进一步说，你要学会骑驴。

马牛叹了口气，怎么骑呢，骑不上啊，那是头疯驴呀。

大水说，当然了，要想骑驴子，首先要驯驴子。驯驴子要使用胡萝卜和皮鞭。只要他是驴子，他就要吃东西，他就怕鞭子抽。大水侃侃而谈，马牛不住地点头，表示一定要下苦功夫，驯服驴子。

马牛乐颠颠地走了。望着马牛的背影，大水不由得一阵感叹：老虎、狮子这类威猛动物，不但不拉犁耕地，而且还有肉吃；牛和马这类和善动物，不但要拉犁耕地，还得吃草。你说，这是什么道理？

又过了段时间，马牛又打电话来了。马牛喜滋滋地告诉大水，驯驴取得了阶段性成果，他已经把驴子牵到饭店里了，和驴子共进晚餐了。

马牛又说，大水，您等着我让您看好戏，用不了多久，我会骑着驴子去看您。

大水哈哈大笑。放下电话，却发现自己特别想学两声驴叫。大水对着镜子，哇呜——哇呜地叫了起来。

卖“鱼”

小师打算卖鱼，向山东卖一条鱼，向山西卖一条鱼，向广东卖一条鱼，向广西卖一条鱼……小师面对着全国地图，查看着可以让他心动的城市。然后，他便开始填写信封，将案头的“鱼儿”分装进去。小师对未来充满了美好的憧憬，他相信，卖鱼的钱，很快就会回来的，自己马上就有好日子过了。

是的，小师卖的鱼，是画在纸上的鱼。也不是图画，而是一篇《画鱼》的小小说。之所以给这篇作品取名《画鱼》，是因为他觉得自己就是一条鱼，总是有很多大鱼想吃他，而他也想吃掉那些小鱼或虾米。

初来城里的时候，小师卖过烧饼。在把成千上万个烧饼卖出去之后，小师突然有了一个小灵感。于是，就写了一篇《画饼》的小小说，投向了一家报社。想不到，报社很快就给登了出来，并寄来了五十元稿费，相当于卖出去一百个烧饼了。画一张烧饼，能得到一百个烧饼，这让小师兴奋了起来。小师偷着乐过之后，把《画饼》复印了二十份，扔给了大江南北的报刊，不久，稿费单就雪片般地飘来了。

小师就这样有了“画饼充饥”的欲望。于是，他不再烤烧饼，而一心把自己关在租来的小屋里作“画”。很快，他就有了《画羊》，把羊到处放。接着，有了《画鸡》，让鸡满天飞。后来，《画狗》《画猫》《画牛》《画马》都先后出来了。他“画”出来的这些小动物，源源不断地为他换回了钞票，让他的小日子渐渐滋润了起来，也有小酒喝了，也有小歌唱了。于是，小师决定向水生动物开发，就有了这篇《画鱼》。

这是一条什么样的鱼呢？

首先，这是一条吃肉的鱼。小师笔下的这条鱼，不吃水草，不吃河泥，而是吃各种各样的肉。写到这里的时候，小师不由得感觉到后脊梁发凉。小师为自己的写法吓了一跳。继而，他又坦然了。社会就是一条大河，人类就是这条河里的鱼虾。

其次，小师笔下的鱼，是一条美人鱼。美人鱼到处游啊游啊，为了让那些有钱的人赏心悦目。有钱人对美人鱼总是格外宠爱的，说不定哪个大款就把美人鱼抱回了家。小师为自己的构思而激动，恨不得自己就变成一条美人鱼，接受某个大款怜爱而又疼痛的抚摸。

其三，小师设计好了，美人鱼最终把大款吃掉了，而不是让美人鱼成为大款的盘中餐。就在饕餮者动箸的瞬间，美人鱼来了个鱼跃，咬掉了那家伙的鼻子……

小师知道，自己是怀着对城市的仇恨，才完成这篇《画鱼》的。小师将《画鱼》复印了二十份，发寄到长城内外。他认为《画鱼》能卖个好价钱。自己的作品是为读者写的，任何一个读者读了这篇作品，都会拍手称快的。

然而，三个月过去了，扔到信筒里的这批“鱼”，没有一条向他报喜。小师经过反思，决定另辟蹊径，遂将作品推向理论刊物。他知道，时下的许多理论刊物，设有文学栏目，以吸引读者。为了提升作品的哲学意味和可读性，小师特意将标题改为《今天的鱼非昨天的鱼亦非明天的鱼》。

不久，就有了回音。几家理论刊物都来函了。意思大致相同：作品已达到发表水平，请作者寄来评审费若干，同时邀请作者参加在风景区举办的理论研讨会，会务费若干，差旅费、食宿费自理……

小师将这些回函撕得粉碎。

小师跑到海边，纵身一跃，飞舞成一条银亮的鱼。

此时，有个人正在海边作画。他看见了那条飞舞的银鱼，十分惊讶。于是，他当即为银鱼画了速写。他画的鱼，后来获得了大奖。

你和谁在一起

“乔庄，你和谁在一起？朋友？男朋友？女朋友？新朋友？老朋友？拍张照片过来，让我看看。”

每当听到妻子在手机里叫嚷，乔庄都烦得要死。没办法，乔庄转了个身，对准身边的某个行人，用手机拍了张照片，给妻子发了过去。

“乔庄，这个人是谁？我怎么没见过他?！告诉你，我的手机安装了测谎系统!”妻子又在手机里叫了起来。

乔庄不无讥讽地说：“你再去安装人脸识别系统好了!”乔庄说罢，索性把手机关上了。

乔庄真是郁闷。郁闷得不得了。什么事啊，一部 JPS 定位手机，就把自己给锁死了，再也无了人身自由。本来，JPS 定位手机是单位给发的，是便于老板监控员工用的。凭什么妻子要做无缝对接呢？郁闷，真是郁闷。

发手机那天，老板笑眯眯地说：“给业务人员发 JPS 定位手机，是为了让我随时都知道你们在哪儿，目的是遏制逃岗、离岗，确保你们无一脱管漏管。记住，临时越界，一定要事先请假！当然，只要你们一越界，我马上就能发现，马上就知道你在干什么，和谁在一起!”

碰上这种老板，本来就够郁闷的了。可是，妻子却雪上加霜，这不是让人更郁闷吗？人和人之间是需要有空间的，需要有安全的距离。不然的话，自己就死定了。

乔庄开始了胡思乱想。人总是这样，胡思乱想，能碰撞出来智慧的火花。想来想去，乔庄想到了双胞胎。自己若是有个双胞胎的兄弟就好了，可以让双胞胎兄弟当替身呀。可是，双胞胎兄弟是没有的。不过，用替身还是可行的。记得有一回，自己雇过一个替身，给了十块钱，让替身代替自己去开了一个不咸不淡的破会。想到这里，乔庄笑了，何不再找个替身，把 JPS 定位手机给他，自己不就自由了吗？

于是，乔庄来到了替身公司，说明了自己的想法，要求找一名与自己形似而且神似的替身。

替身公司可谓人才济济，无所不能。很快，就有一名替身站到了乔庄的面前。乔庄打量着替身，几乎惊呆了。替身的长相、气质、语音，几乎与他别无二致。乔庄甚至怀疑他是自己失散多年的同胞兄弟，只是不知道父母当初为什么要将这个兄弟送人。

乔庄紧紧地握着替身的手说："兄弟，可找到你了，哥有难处，你要帮哥一把!"

替身温文尔雅地笑着："大哥，没问题，为用户服务，是我必须做的!"

乔庄满意地笑了，向替身叙说了自己的郁闷。他摘下 JPS 定位手机，交给了替身，并将需要注意的细节，一一做了交代。

替身说："大哥，放心吧，一切交给我好了！我保证天衣无缝，让你的老板和你的妻子，把我当成你！不折不扣地当成你!"

乔庄大喜，告别了替身，到自己想去的地方去了，找自己想找的人去了。

三个月过去了，平安无事。乔庄随时与替身保持着秘密联系，指导他如何应对公司老板和自己的妻子。替身也时常打电话向他汇报相关事项的动态。乔庄对替身的表现相当满意。他是个粗心大意的人，三个月内，竟未亲自到公司去过一次，也未回家同妻子照过一次面。他相信，替身会把一切都做到位的。替身嘛，就是代替自己干活儿儿的人嘛。

有一天，乔庄心血来潮，摸回了公司。可当他出现在公司的时候，老板却将他赶了出去。老板盯着他问："你是谁？你敢冒充乔庄?!"老板说着，拨打了乔庄的 JPS 定位手机，很快，替身就冒了出来。老板指着替身说："他才是我公司的业务员乔庄，你算哪根葱啊？你有 JPS 定位手机吗？滚吧!"

乔庄浑身是嘴，也说不清。他希望替身能帮他做些解释，替身却露出了轻蔑的冷笑。

乔庄想到了妻子。一日夫妻百日恩，妻子总不会翻脸不认人吧？

可是，当他奔到家门口时，妻子却将他拒之门外了。妻子盯着他的脸说："你是谁？你敢冒充我丈夫乔庄?!"妻子说着，拨打了乔庄的 JPS 定位手机。不久，替身就闪了出来。妻子指着替身说："他才是我丈夫乔庄呢，你算哪根葱啊？你有 JPS 定位手机吗？滚吧!"

乔庄百般解释都没用，他央求替身说明实情，替身却冷笑不语。

不是一家人，不进一家门。乔庄打量着替身，发现他竟真的变成了自己。替身挎着 JPS 定位手机，成了彻头彻尾的乔庄。乔庄恍惚了，乔庄对自己的身份产生了怀疑：难道，自己已经不是乔庄了吗？

乔庄流落到了街头。

后来，替身找到他，请他吃了饭，把他送到替身公司打工去了。

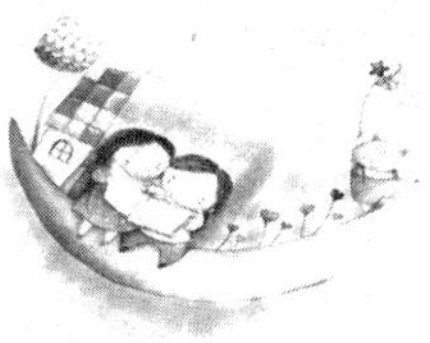

信息时代的文盲

省城来人招工了，四里八乡都嗡嗡起来了。这年头，都是乡下人挤破头进城打工，哪见过城里人到乡下来招工？真也罢，假也罢，大瓢和二瓢心动了！

招工的人说来，还真就来了。他们一来就亮出了牌子：信息公司招收一线工人四十名。

一听说是信息公司，很多人都蔫了。不用说，信息公司要的人，肯定得有文化。可乡下有点文化的，该走的早就走了，剩到家里的，大都是些文盲。像大瓢二瓢这样的，大字识不了一筐，人家能要吗？

大瓢和二瓢心里敲上了小皮鼓，揣摩着可能没戏了。

有几个小学毕业的半拉橛子，以为自己有文化，拿上毕业证，高高兴兴地去报名了。可招工的人，一看他们的毕业证，当场就给甩出来了。不要，小学文化的，不要！

难道，难道非得要初中以上文化程度吗？

信息公司的人却说，他们要的是文盲，最好是一个大字都不识的准文盲！

这是怎么回事？是愚弄人吧？乡下人也不是谁想愚弄谁就可以愚弄的啊！乡下人堵住了门，非要招工的人给个说法，为什么连小学文化都不要？为什么偏偏要文盲？

招工的人说：本公司正在研发高科技产品，为了防止专利技术被人窃取，才决定招收文盲的！我们只有使用文盲，才能让保密工作万无一失！

乡下人听明白了。乡下人是通情达理的。乡下人说，是这样的啊，信息公司生产高科技产品，是得保密呀，是得用文盲呀！

大瓢和二瓢高兴起来了，很多文盲都高兴起来了。

招工的人测试了这些文盲。果然，他们都是些文盲。其实，也用不着测试。有初中毕业证的，已经淘汰出去了，剩下的基本上都是文盲了。就算不是文盲，也会装作一个大字不识，把自己变成个文盲。

信息公司的人说：虽然你们是文盲，但你们也该会写自己的名字。因为领工资要签名。还有，要认得“男”、“女”二字，不认得这两个字，在城里上厕所，可能要挨打的！

文盲们都笑了起来，都说会写名字，会写“男”、“女”。

招工的人带走了这批文盲。遗憾的是，没招够四十个人，只招到三十个人。三十个就三十个吧，全民义务教育，乡下也不可能百分之百都是文盲。在信息时代，文盲也属于稀缺性人力资源啊。

大瓢和二瓢进了省城，当上了信息公司的一线工人，老板叫干啥，他们就干啥。光干活儿儿，不说话。不该看的不看，不该问的不问，不该说的不说。这是老板给他们制定的“三不准”。实际上，他们也没啥可看的，没啥可说的。他们看不懂图纸，不知道图纸上画的是啥，也不知道生产线上组装出来的是啥。招来的这批文盲，被分散到各个工序上，白天见不到面，晚上见面了，也说不清互相干的是啥。也没必要知道。驴子戴上了眼罩，一圈儿一圈儿拉磨，没必要知道磨盘里磨的是啥。文盲总比驴子强吧，工钱能按时发，能吃上白馍，能吃上肉片，这不比驴子强吗？

文盲们都很听话，都很卖力。

老板分别对文盲们做过秘密考察，找人扮装成探子，往外套他们的话，看他们会不会透露生产线的秘密。结果，他们都很可靠，没一个泄密的。想泄也泄不出来呀，因为他们是文盲！

然而，大瓢和二瓢的心里，还是有想法的。他们虽然不识字，不说话，但耳朵却没闲着。哥俩有一台小收音机，早早晚晚收听新闻和广告。听得多了，想法也就冒出来了。他们已经意识到了，在信息时代，文盲绝对有文盲的优势！

大瓢和二瓢咬了几天耳朵，终于决定从信息公司跳槽了。

信息公司的老板听说他们要跳槽，惋惜地说：你们是我眼里的特殊人才，要知道，现在，像你们这样的人才，还真不好找！

离开信息公司，大瓢和二瓢来到了一家镖局。这家镖局是专门从事保密业务的。他们的主要工作就是为社会上的各种考试看管试卷。镖局让文盲看管试卷，是最可靠的了。因为文盲不识字，看不懂试卷，即便有什么企图，也是个睁眼瞎。

第二天，兄弟俩就被派到一个风景区去了，住花园楼房，看守高考试卷。后来他们才知道，是某大学自主招生的考试卷。

秀 发

春秀是因了那条又黑又长的辫子，而被老黑领进工厂大门的。老黑很喜欢春秀的长辫子。老黑说，瞧，城里多少女孩子，没有一条长辫子，一条都没有啊，就你有，长长的辫子，像黑龙江一样长啊。

老黑对春秀说，你什么活都不用干，你的工作就是陪我吃饭，一天三顿饭，每顿饭，我给你五块钱。

春秀怎么能相信，白吃人家饭，还拿人家钱？凭什么呀？就凭自己有条长辫子？

从乡下来城里，好多姐妹告诉她，要她把长辫子剪掉，不然，怎么打工？春秀舍不得剪辫子，从小编辫子，编到十八岁，没动过一剪子。春秀很想和城里的女孩子比一比，谁的辫子长？可她来城里才知道，城里的女孩子，根本就不留长辫子。城里的女孩子，都是把秀发披在肩上，在后背飘来飘去，飘出一片娇情。

那天早晨，春秀垂着又黑又亮的长辫子，走进了城市公园。一条长辫子，牵动了无数惊羡的目光，往春秀的脸上读来读去。城里人，看见纯真的春秀，无不赏心悦目。老黑就是在这时候出现的。老黑笑眯眯地说，妹子，你是从红楼梦里走出来的吧？瞧你的长辫子，甩来甩去，甩得人心尖尖发颤哩。

老黑就这样领走了春秀。春秀就这样来到了老黑的工地。老黑真的不让春秀去掏力干活，只让春秀陪他吃饭，一日三餐，鸡鸭鱼肉，还有鲜汤。

春秀美气得很哩。刚开始那几天，因为吃闲饭而新鲜，倒也十分自在。可吃了几天，春秀就开始想了，如此吃下去，吃得又白又圆，还不是一口肥猪，让人家按住屁股屠宰？

想明白了这一层，吃饭就不香不甜了。春秀知道，老黑的岁数，比自己翻两番，陪他吃饭，要陪多久？难道就这样锁定终身吗？更何况，老黑那吃相，抠牙挖耳擤鼻涕，自己又能忍耐多久呢？春秀就跟老黑摊了牌。

俺还是下去干活吧，俺不想吃白吃闲饭。春秀说。

下去干活？你不要长辫子了？老黑说。哪有当工人留长辫子的？老黑又说。机器咬住长辫子，头皮给你掀掉。老黑说得血淋淋的。

俺剪辫子。春秀说。

你这妞哇，真傻，傻得不透气，管你吃管你喝，还让你留长辫子，你还嫌浪得不匀？老黑的脸黑了下来，递给春秀一把剪子。剪吧，你现在就剪。

春秀泪眼滢滢，暗咬银牙，“咔嚓”一声，真的剪掉了黑黑的长辫子。

春秀将短发藏在安全帽里，下去干活儿了。春秀看见，干活的工人中，还有别的女孩子，她们留着齐耳短发，穿一身很脏的工装，不人不鬼。工地上，烟尘滚滚，工人们满脸泥灰，只有牙齿是白的。春秀猜想，这几个女工，原来也许是有长辫子的。春秀就问一个叫小红的女孩子，小红的眼圈，马上就红了。

老黑给工人们吃的，是一碗面汤，两个馍，还有剁碎了的辣椒末儿。

晚上，春秀时常捧着自己的长辫子发呆。

春秀终于离开了老黑的工地。春秀去了一趟美容院，把自己的长辫子卖掉了，换了一笔回家的路费。坐在火车上，春秀想，只要回到家，要不了多久，新的辫子就会疯长出来的。

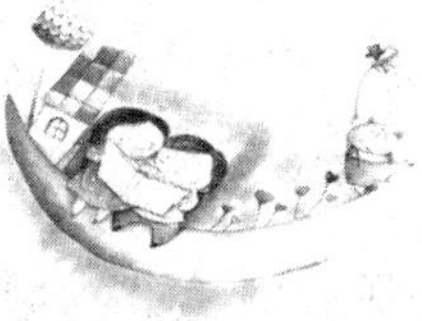

不跪的人

说来说去，大刚就是一头倔驴。因为他梗着脖子，不肯下跪。别人都跪下了，就他不跪，你说他是不是倔驴？

老爷子正在手术室急救。家里人已经跪倒了一片。家里人一遍又一遍对着手术室祈祷：保佑啊保佑，如果有百分之一的希望，一定要百分之百地抢救啊！

真的，不跪不行了。不跪，万一手术进行中，医生接打电话怎么办？万一医生中断了手术，提出请专家会诊怎么办？万一肚子打开了，专家来不了怎么办？跪吧，该跪一定要跪。没听说过吗？河北有个农民，遭遇车祸，同伴在风雪中十二次向人下跪，竟无人理睬！还有，手术中，医生把纱布留在肚子里了；剖腹产，刀口突然开线了；拔牙，把好牙拔掉了……这样的怪事多了！跪吧！跪，体现着家属的态度，看在苦苦哀求的分上，医生那颗冷酷的心，一定会泡软的！

可是，亲属们都跪下了，只有大刚不跪！

大刚啊大刚，你为什么不跪呢？你不想救老爷子了吗？

异乡人大刚一言不发。谁都不知道他心里想什么。难道，他真的是驴子托生的吗？

“大刚啊，如今这社会，住房要下跪，吃低保要下跪，上学要下跪，打官司要下跪……干什么事不下跪呢？你跪下了，又能怎么样呢？救的可是老爷子呀！”有人数落着大刚。

大刚的泪水下来了，可他只流泪，不下跪。

“你以为你是谁啊？人命关天，你还讲什么尊严？”

异乡人大刚，黑着脸，流着泪，仍然不跪。

“这年轻孩子，膝盖骨真硬。”

简直拿他没法子了。不跪就不跪吧，不懂事就不懂事吧。亲人们都不理睬大刚了，都当他可有可无了，都望着手术室发呆，期待医生妙手回春，把老爷子从黄泉路上拽回来。医护人员不时地穿堂而过。他们看到有人下跪，但并未在意有一个不肯下跪的人。

几个小时后，护士把老爷子从手术室推了出来。

手术成功了！那些曾经下跪的亲属，来到医生办公室，再次跪倒成一片。他们感激涕零，一遍遍表达着谢意。大刚还是没跪。他站在门口，睨视着眼前发生的一切。

医生矜持地笑着，开出一个很长的账单。可是，那些下跪的亲属，却没谁接账单。大刚伸手接过账单，默默地到收费处交钱去了。

老爷子苏醒过来了。那些曾经下跪的亲属，纷纷讲述了自己下跪的体验，有人还扒出膝盖，叫老爷子看下跪的部位。

老爷子苍白着脸，淡淡地笑着，什么都没说。

只有大刚，没向老爷子谝什么下跪的经历。他也没资格谝。没下跪的人，没资格谝下跪的事。老爷子并没责怪他。看起来，原谅他了，不计较他了。

谁都没想到，老爷子的病情会反复。一天夜里，老爷子还是被鬼捉去了，医生再无回天之术了。

这就怪不得医院了。

在老爷子的葬礼上，孝子贤孙们哭成了一片，也跪倒了一片。只有一个人没跪，这个没跪的人，还是大刚。他只是用手抹眼泪，将眼睛抹得通红，如一只无奈的兔子。

有人看不下去了，绕到大刚身后，一脚踩了过去。“扑嗵”一声，大刚被踩倒了，踩成了跪姿。

人们不哭了，看着跪下的大刚，忍不住笑了。

大刚跪着哭了起来，号啕大哭。哭了一会儿，有人把大刚扶了起来，拉到了板凳上坐下。大刚拆下那条被踩的假腿，看了看说：“踩坏了，得去假肢厂重配。”

人们望着被踩坏的假腿，什么都不说了。

人们都知道，大刚的那条假腿是怎么来的。大刚被一个开车的老板撞了，亲属们在老板面前跪了三天，老板赔了他一条假腿。